SIETE SOMBRAS

Alfa & Omega

Emilio Araya Brenes

Diseño de portada: Emilio Araya Brenes
Corrección y ortografía: Vanessa Hernández Castro
Copyright © 2025 Emilio Araya Brenes
ISBN: 978-9930-00-061-8

Índice

A quienes me acompañan en esta simulación que llamamos vida.

Prólogo

—Doctora Davis, ¿todo en orden? —preguntó el doctor Jones a su asistente mientras verificaba en sus pantallas holográficas los datos que en estas se proyectaban.

—Sí, doctor Jones —contestó ella también sin dejar de mirar las pantallas a unos pasos de distancia.

—Es un momento decisivo doctora, nada puede salir mal y tenemos solamente una oportunidad. Es un momento que no sólo quedará en la historia de la humanidad, sino que hará perdurar la humanidad misma.

—No se preocupe doctor —contestó la doctora con seguridad—. Hemos hecho todo al pie de la letra, no deberíamos tener inconvenientes.

Se sentía una gran tensión en la gran habitación blanca. Personal corriendo de un lado a otro y una luz roja dando la alerta a los presentes de que la misión estaba a punto de comenzar. Solo tenían una oportunidad para demostrar que su trabajo daría frutos, para ellos obtener los resultados y las respuestas, tardaría segundos, para la gran nave que enviarían al pasado, cientos de años de estudios.

El doctor volteó a mirar a su alrededor. Arriba en lo más alto de la sala, detrás de un gran cristal que fungía como ventana, observaban sus movimientos las más grandes mentes de la época, pero esto no era lo que le aterraba al doctor Jones, si no que entre los observadores se encontraban aquellos torpes que aún tantos cientos de años después, seguían siendo quieres manejaban los hilos del mundo, o lo que iba quedando de él. El doctor Jones tenía todo muy bien planeado, serían segundos, la nave tenía la orden de ir al pasado, recopilar la información sobre las *Siete Sombras* de la humanidad y volver a esa misma fecha, ese mismo día, tan solo tres segundos después de haber emprendido su viaje. Las miradas estaban fijas en él.

Todo estaba listo. Una enorme pantalla con un contador en retroceso marcaba menos treinta y cinco segundos, menos treinta y cuatro, menos treinta y tres…

El techo de la gran sala donde se encontraban se comenzó a abrir de par en par, dejando entre ver el azul del cielo que los iluminaba ese día. Era una sala enorme que albergaba una nave del tamaño de una cancha de fútbol la cual levitaba silenciosamente a unos metros del suelo. Menos veintitrés, menos veintidós, menos veintiuno… el contador seguía cayendo mientras el doctor no paraba de sudar por la tensión que en ese momento tenía en sus hombros.

Un hombre de gran tamaño, obeso, con una gran bata blanca se puso de pie entre los asistentes que se encontraban detrás del cristal, que presenciarían ese momento tan importante en la historia de la humanidad. Miró fijamente al doctor Jones y bajó su cabeza sutilmente como dándole su aprobación y apoyo de que lo que estaba haciendo, era por el bien de todos ellos. El doctor volteó a mirar con sus ojos aterrados a la doctora Davis manteniendo entre los dos una mirada fija y silenciosa, con la que se comunicaban sin siquiera expresar palabra alguna, sus rostros lo decían todo, estaban aterrados. La doctora tomó una especie de chip que introdujo en su panel al mismo tiempo que lo hizo el doctor Jones. Inmediatamente la nave lanzó una ráfaga de aire a unos veinte metros de distancia de los doctores y su personal, quienes sintieron una sutil brisa en su rostro. La nave comenzó a ascender rápidamente hasta alcanzar una gran altura varios kilómetros sobre la gran sala. Apenas se notaba entre el azulado cielo de la ciudad.

—Buen viaje Oby, nos vemos en unos segundos —dijo el doctor Jones.

Una cálida voz femenina que se escuchó por toda la sala respondió:

—Muchas gracias doctor, nos vemos en algunos años.

El contador seguía descendiendo ya llegando a su límite mientras la nave seguía suspendida en la altura. Menos cuatro, menos tres... las miradas estaban puestas sobre la nave, nadie quería perder el suceso, menos dos, menos uno, cero. Un gran halo de luz se desprendió de la nave, dejando por un momento una línea blanca que partía el cielo de lado a lado. Fue un segundo en que el tiempo se paralizó para todos los presentes, pero inmediatamente todos voltearon a mirar nuevamente el contador, el cual ahora marcaba números positivos.

Uno, dos...

Capítulo I: Una historia del futuro

El año es 2375 el mundo es muy diferente a como tal vez lo conoces. Ha pasado por muchos cambios y se encuentra en un punto frágil. Fue en el año 2180 en que se dio un gran colapso mundial, el peor de la historia humana. El mundo siempre estuvo en guerra, oriente contra occidente, el norte contra el sur, asiáticos contra europeos, luchas entre religiones, creyentes y no creyentes; el mundo nunca ha tenido paz, hasta que, las más grandes potencias Rusia, China y Estados Unidos; se aliaron contra el resto del mundo. Parece difícil de creer, pero las tres naciones que más guerras han enfrentado, encontraron una manera de traer paz al mundo, una paz simulada, más bien diría una imposición.

Fue un 13 de abril cuando el alcalde Johnson, quien en realidad era presidente de Estados Unidos en esa época, pero siempre se le llamó alcalde Johnson debido a su tiempo previo desempeñando ese cargo en Nueva York; el dictador Stradovich Vradilov y el líder chino Tai Mao; se aliaron para unificar sus gobiernos, unir fuerzas que no tuviesen rival y dictaminar las leyes mundiales, régimen al que llamaron el Gran Gobierno. Desde luego esta dictadura tuvo muchos detractores, pero estamos hablando de los tres países más poderosos del mundo hasta el momento y expertos en el arte de la guerra; quienes se opusieron, no dieron una gran lucha ante este nuevo orden mundial, otros, ni siquiera intentaron detenerlos.

El mundo ya se encontraba a punto de su gran colapso. Johnson, Stradovich y Mao; podría decirse que lo salvaron o más bien se apoderaron y lo cuidaron, un mal adquirido por un bien necesario. Casi doscientos años después se vive aún bajo el régimen del Gran Gobierno, un mundo que a priori pareciera estable, limpio, con energías renovables, dedicado a la felicidad de sus habitantes, controlando en la mayoría de zonas, tanto la natalidad como la mortalidad; porque sí, la tecnología hoy en día es capaz de mantener a muchos, o más bien, a algunos pocos descendientes de las tres grandes naciones; hasta edades superiores a los 200 años.

Al parecer el mundo encontró estabilidad, una manera de sobrevivir plenamente sacrificando cultura, idiomas y diversidad; por una vida estable y monótona, pero larga. En este nuevo mundo solo dos idiomas son reconocidos como oficiales a nivel mundial, ruso e inglés, el chino por su complejidad se utiliza solo en ciertas regiones. No están permitidas las adoraciones a no ser que sea a los miembros de las tres grandes familias, los Johnson, los Stradovich o los Mao.

Quienes desde niños muestran un don para la ciencia, la filosofía o algún talento nato, son explotados, el resto deben desempeñarse en lo que el Gran Gobierno los obligue a trabajar. Uno de estos dotados para la ciencia, quien desde pequeño logró comprender por sí mismo teorías que a simples mortales le tomaría años, fue el doctor Hans Erick Jones. El doctor Jones se graduó de la universidad con solo 13 años en Mecánica Cuántica, siendo uno de los más altos promedios registrados en años. Esto le abrió las puertas en el centro de investigación molecular más grande del mundo, el Joseph H. Holens, ubicado en lo que en el pasado fueron las afueras de París, que ahora se conoce como el sector Md7358.

Pasó 25 años de su vida trabajando en su proyecto más ambicioso, la suplantación celular, es decir; devolverle a un ser vivo su juventud. El proyecto buscaba no solo regenerar sus células, sino suplantarlas por nuevas, sin embargo, su proyecto más ambicioso se volvió en el descubrimiento, no solo del siglo; de la historia de la humanidad.

Era un 08 de agosto de 2403 cuando el doctor Jones y la doctora Davis, otra de las grandes mentes del momento, se encontraban trabajando alrededor de las 10:15 a.m. en sus investigaciones.

—Señorita Davis, ¿está listo el sujeto? —preguntó un poco sudoroso y acongojado el doctor Jones.

—Sí doctor, todo bien por el momento —contestó serena su colega.

—Perfecto —dijo mientras miraba sus pantallas.

Levantando la voz al resto de asistentes, prosiguió:

— Señoras y señores, prueba 1217, suplantación celular en paciente. Sujeto de 38 años, buen estado de salud, señalando la zona a tratar. Brazo derecho. Lista doctora Davis, puede proceder —indicó el doctor Jones volteando a mirarla.

La doctora Davis presionó un botón color verde con letras blancas y las luces de la sala comenzaron a parpadear en tonos rojizos. Se escuchó solamente la voz de la doctora Davis diciendo:

—Listos en tres, dos, uno.

Luego de un fugaz destello blanco, las luces dejaron de parpadear y la sala quedó en completo silencio.

Era un procedimiento que habían realizado muchas veces anteriormente, por lo que no esperaban nada fuera de lo común más que recopilar datos, pero esta vez algo distinto sucedió.

El trabajo del doctor Jones se basaba en rejuvenecer las células del cuerpo, en otras palabras, devolverlas a su mejor estado.

El doctor Jones se acercó al sujeto de prueba que se encontraba tendido sobre la cama, sin ningún cambio aparente. Tocó su brazo, lo analizó levemente por encima y preguntó:

—¿Te encuentras bien amigo?

—Sí señor —contestó—. Me siento de la misma manera a como me levanté hoy en la mañana.

—Bien, muy bien, eso es una muy buena señal.

—Doctora Davis, informe de datos —preguntó el doctor Jones mientras tomaba apuntes en una pantalla holográfica que salía de una especie de anillo en su mano, pero no recibió respuesta—. ¿Doctora Davis?, ¿algún problema? —volvió a preguntar siempre dándole la espalda a la doctora.

El doctor miró a su alrededor y se dio cuenta que los presentes esperaban también las palabras de la doctora, pero esta no respondía, así que volteó para entender qué sucedía y el porqué de la falta de concentración de su colega. Volvió a preguntar:

—¡Disculpe doctora!, ¿sucede alg…?

Lo que miraron sus ojos, fue a su colega, con la piel tan blanca como la misma bata que tenía puesta, con sus ojos desorbitados sin siquiera parpadear y ceñidos en aquella pantalla.

—¿Se encuentra bien doctora? —preguntó intrigado acercándose lentamente a ella.

La doctora Davis lo volteó a mirar y dejó caer su cuerpo en una silla que tenía detrás, sin contestar palabra alguna y tapándose su boca llena de asombro. El doctor se acercó a ella lentamente mientras los demás observaban extrañados la mirada perdida de la doctora.

—Disculpe doctora, ¿se encuentra usted bien? ¿necesita algo? —preguntó de una manera serena y con cuidado.

La doctora Davis lo miró con la vista aún perdida por unos segundos y sus pupilas pasaron de dilatadas a contraídas en un momento. Se puso de pie reaccionando rápidamente y se acercó a un dispensador de agua, de donde tomó un vaso de vidrio, siendo seguida con la mirada por sus colegas, quienes no perdían detalle del actuar de la doctora. Con su mano temblorosa apuró un gran sorbo de agua fría y miró al doctor quien, extrañado pero sereno, esperaba respuesta del estado de su principal colega, con quien llevaba más de 15 años trabajando para el Gran Gobierno.

—Doctor —dijo ella al fin articulando una palabra aún temblorosa y con su tez aún más pálida.

—Dígame doctora. ¿Ya se encuentra mejor?

—No, no me encuentro mejor, pero debe saberlo.

—¿Saber que doctora?, ¿acaso me estoy perdiendo de algo? —contestó observando las pantallas sin entender bien qué sucedía.

—Esas células —dijo la doctora señalando la pantalla.

—Si, las veo bien, las que intentamos rejuvenecer.

—Sí, son más jóvenes.

—Pues bien, esa era la idea, quiere decir que nuestros años de estudio están dando frutos —exclamó el doctor aún sereno sin comprender el impacto que esto había generado en su compañera.

Por un momento no podía comprender cómo algo tan sencillo como ese procedimiento que anteriormente habían realizado y con resultados tan cotidianos, había impactado tanto a la doctora.

—Pero no las rejuvenecimos —contestó la doctora con miedo en sus ojos.

—Pero ¿qué quiere decir?, si claramente veo los datos y son células más jóvenes.

—Sí, exacto doctor, son células más jóvenes y son del paciente. Pero mire su composición molecular.

—Son…

El doctor se tomó un momento para analizar los datos que lanzaba el servidor, mientras todo el salón estaba en silencio, prestando atención a la poca conversación que mantenían los doctores.

Luego de un momento, fue la tez del doctor la que comenzó a ponerse pálida, mientras sus ojos se abrían a más no poder del asombro. Rápidamente se acercó al dispensador de agua, siendo ahora él quien tomaba un gran y apresurado vaso de agua fría.

—Gigga, revisa los datos —dijo con voz alta entrecortada.

—Con gusto, señor —respondió una voz robotizada que se escuchó por todo el salón.

El doctor Jones miraba fijamente a la doctora, cada uno más sorprendido que el otro. Luego de unos segundos la voz volvió a quebrar el silencio, con unas palabras que lejos de alegrar a los doctores, los aterrorizaron.

—Los datos han sido analizados señor, no se encuentran errores.

El doctor Jones se llevó las manos a su boca, sin dejar de observar a la doctora, quien a su vez lo tomó de su cabeza con ambos brazos y lo acercó a su rostro diciendo:

—Efectivamente doctor, las células son las mismas y son más jóvenes, pero no las rejuvenecimos, las trajimos del pasado, saltaron en el tiempo al futuro, a nuestro futuro.

Los doctores no cabían en su asombro por lo que habían encontrado, por lo que habían descubierto, era un pequeño logro, eran solo unas minúsculas células, pero impactarían al mundo entero.

Aún tratando de caer en razón, las compuertas del laboratorio se abrieron de golpe y varios soldados armados vestidos de negro con sus cabezas y rostros cubiertos entraron al salón, solicitando que todo el que estaba en el laboratorio saliera de inmediato, excepto a los doctores quienes nunca habían estados frente hombres armados en su vida y ahora estaban rodeados por al menos unos veinte.

—¡Pero ¿qué es esto?!, ¡¿quiénes son ustedes y con qué autorización entran a este laboratorio?!, ¡¿saben que es propiedad del Gran Gobierno?!

—Sí doctor Jones, lo sabemos. Es propiedad de mi familia —contestó una voz gruesa de un hombre regordete de gran papada y cabello negro con una bata larga blanca, que entró detrás de los soldados cuando el laboratorio ya estaba vacío.

El doctor Jones lo reconoció de inmediato, era una de las personas más longevas e influyentes de la familia Stradovich, el señor Alexei Stradovich, uno de los líderes más populares y de constantes apariciones en prensa mundial de los últimos años. El señor Stradovich aparentaba la edad del doctor Jones, unos 40 años, aunque era bien sabido que rondaba los 135 años. No lo parecía, por los numerosos tratamientos a los que había sido sometido, tratamientos que solo una familia como las fundadoras podían costearse.

—Señor Alexei, es un placer tenerlo en este laboratorio, ¿a qué debemos el honor? —contestó el doctor al tenerlo de frente haciendo una pequeña reverencia.

—No lo sé doctor, ¿dígame usted porque estamos aquí?, no frecuento estos lugares a no ser que algo verdaderamente grande esté sucediendo.

El doctor Jones era muchas cosas, menos tonto. Él sabía perfectamente que sus estudios siempre eran supervisados y que en estos laboratorios no había nada oculto para el Gran Gobierno. La inteligencia artificial Gigga (Gestionador Inteligente del Gran Gobierno), era la encargada no solo de dar soporte a las investigaciones, sino de transmitir todos los datos recopilados a nivel mundial y sin duda alguna este descubrimiento ya debía conocerse por los líderes de las familias del globo terrestre. Así que sabía que esconder lo que habían encontrado no era ninguna opción.

—Efectivamente señor, hemos descubierto algo grande, algo que ningún otro ser humano ha logrado hasta el momento.

El doctor Jones se miró a la doctora quien estaba de pie detrás de él un poco intimidada por las armas. Levantando su mano agregó:

—Doctora, ¿quiere proseguir? Usted es la profesional en este campo.

La doctora Davis lo miró un poco intrigada, pero sabía que ella era la que mejor entendía lo que habían logrado, o así lo pensaba. Dio un paso al frente, hizo una pequeña reverencia y continuó:

—Efectivamente señor Alexei, según muestran los datos, nuestro experimento el día de hoy fue defectuoso.

—¿Defectuoso doctora?, no estaría aquí por algo defectuoso.

—No señor, estoy segura de que no. Nuestro experimento fue defectuoso, porque no logramos regenerar las células del individuo y volverlas a su estado más joven, sin embargo —la doctora se llevó la mano a la boca para aclararse la garganta como temiendo decir la frase con la que debía continuar— sin embargo, trajimos células del pasado y las reemplazamos por las ya existentes.

Alexei miró al doctor extrañado, incrédulo, quien solo se mantenía con la cabeza baja. De nuevo volteó a ver a la doctora y preguntó:

—¿Y cómo lo hicieron?

La doctora Davis miró al doctor, esperando que este contestara, pero el doctor solo continuaba con su mirada en el suelo.

—Señor Alexei, no tenemos claro cómo lo hicimos, pero manejo una hipótesis.

—¿Ah sí?, ¿y cuál es esa hipótesis?

—Señor, es un poco complicado de entender y aún nos falta hacer muchas pruebas para comprenderlo del todo, pero a grandes rasgos —la doctora Davis de nuevo se aclaró la garganta claramente nerviosa—, nuestro estudio se basa en el rejuvenecimiento a nivel celular, pero tratado desde el punto de vista cuántico. Creamos un acelerador atómico que desacelera los átomos y revierte su movimiento, lo que desacelera el envejecimiento. Hasta ahí nuestra investigación, lo que sucede es que hubo un error de cálculo y el acelerador hizo viajar a los átomos de la célula en sentido contrario unas tres veces más rápido que la velocidad de la luz, creando un desgarre temporal que no sólo revirtió el proceso, sino que lo hizo volver en el tiempo en un microsegundo y traerlo de vuelta inmediatamente. En otras palabras, la célula que tratamos en este momento saltó al pasado, suplantó a su predecesora y la del pasado suplantó a la del futuro, más joven, pero en el mismo estado que se encontraba, sin efectos secundarios.

El señor Alexei solo miraba seriamente a la doctora, sin mostrar un ápice de sentimiento, ni de felicidad, ni de miedo, ni de tristeza, ni de nada.

—Tienes razón, es un poco complicado de entender —prosiguió el señor Stradovich—. En otras palabras, ¿las hicieron viajar en el tiempo?

—Efectivamente señor. Hasta donde comprendemos así fue.

Alexei bajó su mirada, tocando su barbilla, pensativo sin mirar a ninguno de los dos doctores, dio media vuelta y se acercó a uno de los soldados que custodiaban alrededor diciéndole:

—A partir de este momento el Joseph Holens deja de pertenecer a la red mundial. De ahora en adelante trabajarán directamente para mí, todo el personal estará a cargo del doctor Jones y la doctora Davis. Tendrán acceso ilimitado a presupuesto y a personal. ¡Señores! —dijo nuevamente a los doctores quienes no caían en razón de lo que estaban escuchando.

El doctor y la doctora Davis se acercaron al llamado de Alexei.

—¡Sí señor! —contestaron al unísono.

—A partir de ahora se dedicarán enteramente a este estudio, a tratar de entender como esa célula vino del pasado. Pondrán todo su esfuerzo y dedicación a esta gran tarea. Tienen el futuro, o más bien, el pasado del mundo en sus manos. Los quiero dedicados a esto. A cambio tendrán acceso a cualquier red e investigación a nivel mundial, presupuesto, personal, lo que necesiten solo me lo hacen saber, a partir de ahora trabajan directamente para los jerarcas del Gran Gobierno —culminó Alexei extendiendo la mano al doctor—. Espero cosas buenas de ustedes, ¿Doctor?

—Jones señor, Hans Erick Jones a sus órdenes —contestó con una gran sonrisa y miedo en su rostro.

—Y también espero grandes cosas de usted, ¿señorita?

—Davis señor, mi nombre es… Enid Davis.

Capítulo II: El Gran Gobierno

Los años venideros luego de aquel descubrimiento fueron difíciles, llenos de desafíos por solucionar, retos que enfrentar, mucho trabajo, recursos y mentes desgastadas; pero cada hallazgo y cada paso adelante, daban a una realidad cada vez más acertada en cuanto a viajes en el tiempo. Mientras la investigación avanzó, fueron los únicos jefes de su propio proyecto, supervisando a su personal y reconocidos hasta el momento como las mentes más sabias del Gran Gobierno. Cuando lograron descubrir la manera de viajar de una época a otra a través del tiempo, fue cuando empezaron los verdaderos problemas. La primera prueba de un viaje temporal se llevó a cabo doce años después de lo que llamaron, el día célula.

—Bien señores, estamos listos. ¿Lista doctora Davis?

—Listo doctor —contestó la doctora introduciendo un pequeño chip en un tablero mientras una pequeña nave blanca de unos dos metros de largo levitaba sobre una plataforma en medio del laboratorio.

Era un objeto blanco, redondeado como una gota de rocío, sin alas ni una punta que definiera bien su frente. Brillante como la leche.

—Buen viaje Gigga —dijo el doctor levantando la mirada hacia la nave.

Según las órdenes de los doctores, la nave debía volver tres segundos después de desaparecer. Para los doctores, sólo pasarían unos segundos, pero si la nave tenía éxito, viajaría al pasado por algunos años y volvería con imágenes de parte de la historia humana. Una luz roja parpadeaba por toda la sala y un contador marcaba en su pantalla, menos cinco, menos cuatro, menos tres, menos dos, menos uno, cero.

Se desprendió de la nave un destello blanco que hizo apartar la mirada de los presentes y desapareció del aire a vista de todos. El contador siguió corriendo. Uno, dos, tres. Como si no hubiese ido a ningún otro lugar, un destello un poco más tenue volvió a iluminar la sala. Nuevamente la pequeña nave se encontraba levitando sobre la plataforma, en el mismo lugar donde flotaba hace solo tres segundos antes, pero se veía de un color más opaco y bastante más desgastada.

—Hola Gigga, ¿cómo te encuentras? —preguntó el doctor a la nave que tenía frente a él.

—Hola doctor, es un gusto volver a escucharlo después de tanto tiempo—contestó la nave con una voz que se escuchaba por toda la sala.

—Para mí también es un gusto que hayas vuelto —contestó el doctor con una gran sonrisa en su rostro—. ¿Informe de prueba?

—Prueba concretada con éxito —contestó Gigga.

—¿Tiempo de viaje?

—36500 días terrestres señor.

—Gigga, muestra en las pantallas parte de lo que viste en estos 100 años.

Varias pantallas holográficas aparecieron en el aire, proyectando imágenes de todos los lugares y acontecimientos visitados por la nave durante todo su viaje. Todos los presentes, entre los que se encontraba el señor Alexei y su familia, junto con los doctores Davis y Jones, así como todo aquel que participó en el proyecto; no podían contener la emoción y admiración por lo que sus ojos observaban.

Frente a ellos se desplegaban imágenes nítidas de la evolución de la humanidad. La construcción de las pirámides de Egipto, la caída del Imperio romano, el origen del cristianismo, el descubrimiento de América, la Revolución Industrial, el día D, la caída de la Unión Soviética, la pandemia del COVID-19, la hambruna de 2070, el tsunami de Brasil, el desvío del cometa C2112. Uno a uno se fueron mostrando los más grandes eventos presenciados por la humanidad. Fue un recorrido de cuarenta y siete minutos por la historia humana. Por primera vez visto con una cámara de ultra alta resolución, como en realidad sucedió. Ese día cambió el rumbo de la vida humana para siempre, ahora existía una ventana al pasado, una ventana a la realidad, alejada de mitos y supersticiones; ahora la verdad estaba ante sus ojos.

Los aplausos desde el balcón detrás de un gran cristal quebraron el silencio que dejó el final de la presentación de las imágenes. Alexei bajó por el elevador de cristal que conectaba la sala del balcón con el laboratorio, mientras no paraba de aplaudir, gustoso por los resultados obtenidos. Eufórico se acercó a los doctores escoltado por dos militares fuertemente armados y vestidos de negro.

—¡Lo sabía, sabía que lo lograrían, no lo puedo creer, esto es increíble! —decía emocionado.

—¡Lo logramos señor! —agregó el doctor Jones apenas estuvo frente a él.

Alexei no se detuvo ante la reverencia del doctor y lo abrazó fuertemente. Este, impresionado por el gesto que rompía todo protocolo establecido por parte del mandatario, se limitó a corresponder el abrazo. Alexei de igual manera se dirigió a la doctora Davis, quien no podía ocultar su risa burlona ante aquel destello de alegría.

—A partir de ahora señores, crearemos una enorme biblioteca virtual, donde no solo estudiaremos la historia, sino también la podremos consultar, una y otra vez, nuestros niños podrán ver como espectadores en tiempo real, lo que en realidad sucedió en la historia de nuestro planeta. Este es un gran día y debemos celebrarlo.

Aunque las celebraciones no eran las algarabías del pasado, ese día todos comieron y bebieron como si de reyes se tratara y ni que hablar de los doctores Jones y Davis, quienes no solo se llenaron su barriga, sino incluso su ego con las adulaciones de sus colegas, celebridades invitadas y familiares de la más alta sociedad. Estaban en un lugar privilegiado del que gozaban más que cualquiera en el mundo y su futuro solo fue a mejor.

El proyecto tardó dos años, recopilando información sobre la historia humana, con miles de petabytes de videos con lo que lograron construir una enorme biblioteca virtual a la cual el Gran Gobierno llamó, *La Biblioteca de Estudio Universal Jones-Davis*; disponible para todos los seres humanos, donde cualquiera podría estudiar la historia como en realidad se vivió.

Los doctores habían logrado lo impensable y no solo habían logrado unir el mundo, habían logrado unir épocas, los antepasados con los modernos. Muchos grandes misterios fueron revelados, ¿cómo en realidad evolucionaron las culturas?, ¿cuál fue la primera especie con consciencia?, ¿quién descubrió el fuego y utilizó la primera rueda? Ya no había secretos para la humanidad.

Pero todo cambió un 24 de setiembre de 2417. Fecha en la que se contemplaba realizar el último viaje recopilatorio de información, para culminar con el proyecto de sus vidas.

Con el paso del tiempo, los doctores Davis y Jones, anhelaban el retiro. Los miles de experimentos, investigación, recopilación de información y todo el procesamiento de la nueva historia de la humanidad, estaban pasando factura. A pesar de que por su privilegiada posición ambos recibían los mejores tratamientos para mantener la juventud y sus cuerpos aún se encontraban como robles; sus mentes deseaban culminar con su trabajo y dar fin al aporte más importante que podían hacer a la ciencia moderna. Ambos querían dedicarse a quehaceres más banales.

Ese día el doctor Jones y la doctora Davis, trajeron al laboratorio un dispensador de agua con dos vasos de vidrio y lo pusieron detrás de su estación de control, tal y como estaba el día en que todo comenzó, ese día harían a Gigga realizar su último viaje y querían que fuera lo más parecido posible a aquella primera vez, lo más parecido al Día Célula. El aire de nostalgia se palpaba en el ambiente. Ese último viaje se llevó a cabo igual que siempre. Hubo un conteo regresivo, la nave viajó durante 350 años al pasado y tres segundos después volvió con la información recopilada. Se escucharon gritos de euforia de los asistentes, era una celebración y una despedida para los doctores que lograron abrir una ventana al pasado.

El doctor Jones, abrazó cordialmente a su colega, se hizo a un lado y extendió su mano señalando el dispensador de agua detrás de ellos.

—Usted fue la primera doctora, así que pase adelante —dijo el doctor inclinándose un poco hacia el frente.

—Gracias, doctor —respondió la doctora Davis con una sonrisa en su rostro.

Los dos se dirigieron al dispensador y se sirvieron un gran vaso de agua. Se miraron de frente, con sus ojos llenos de emoción y chocaron sus vasos.

—¡Salud doctor! Por un merecido retiro.

—¡Salud doctora! Como aquella primera vez.

Y ambos bebieron de sus respectivos vasos un sorbo de agua, como aquella primera vez que descubrieron una célula del pasado.

Sus colegas y compañeros de años se acercaron a saludarlos, estrechando sus manos, con palmadas en su espalda, entre risas y anécdotas.

La celebración fue interrumpida por la voz de Gigga.

—Doctor Jones y doctora Davis, se les solicita en el salón principal inmediatamente. Repito, se les solicita en el salón principal inmediatamente.

—Bien, ya escuchó doctora, nos necesitan en el salón. De seguro es alguna despedida de Alexei y no sería cordial hacerlo esperar.

—Tiene razón doctor, debemos retirarnos. Disculpen —terminó diciendo la doctora dirigiéndose a sus colegas.

Salieron de la habitación y se adentraron en un extenso pasillo blanco, flanqueado por amplios ventanales que ofrecían una majestuosa vista de la inmensa ciudad. El paisaje contrastaba entre blancos edificios redondeados y una hermosa vegetación por doquier, con calles que se levantaban metros por encima del suelo y autos que levitaban a grandes velocidades sin perder el orden y el control. Todo era armonía, tal y como el Gran Gobierno lo requería.

Los doctores se dirigían hacia el salón principal del edificio mientras conversaban:

—Y bien doctora, ¿dónde estará mañana disfrutando de su retiro?

—Nunca te acostumbraste a llamarme por mi nombre, ¿cierto Erick?

—¡Oh no doctora!, siento que todo el esfuerzo para adquirir su título, debe explotarlo hasta el final.

—Bueno Erick, pues este es el final, así que ya puedes llamarme Enid.

Erick respondió con una gran sonrisa.

—Bueno, lo intentaré, así que Enid. ¿Dónde estará mañana disfrutando de su retiro?

—¡Uff!, hay tanto que quiero hacer. Sin embargo, estoy segura de que no iniciaré mañana. Pienso quedarme tumbada todo el día en mi cama, tal vez viendo la caída del Imperio inca. Siempre me llamaron la atención la formación de sus tribus y sus técnicas de construcción.

—¡¿Es enserio Enid?!, ¡¿vas a salir de aquí para ver grabaciones del pasado?!, ¡¿nuestro trabajo?!

—Exacto, luché mucho como para no disfrutar de los frutos de nuestro trabajo, quiero poder sentarme a disfrutar de la historia sin tener que analizar o procesar datos. Y ¿qué hay de ti? conociéndote seguramente tienes planeado cada paso a partir de hoy.

—¡Pues claro doctora!, perdón, Enid. Hoy mismo antes del anochecer pasan por mí y mañana estaré a muchos kilómetros de esta ciudad. He mandado a construir un enorme lago artificial y una cabaña en las cercanías de los límites del bloque, alejado de todo. Mañana mismo despertaré con el sonido de las aves, beberé un sabroso té y comenzaré a escribir mi libro.

—¡Oooh wow!, saldrás de aquí para trabajar en otra cosa. ¿Y te burlas de mis planes de mañana? —agregó la doctora con un tono burlón.

—Tienes razón—contestó el doctor Jones burlándose—, nunca vamos a cambiar, somos unos trabajadores compulsivos, pero bueno, eso nos ha traído hasta este momento y estoy feliz de que así sea.

Los doctores llegaron frente a la compuerta de vidrio del salón principal.

—Pues entonces a disfrutar de nuestro retiro poco envidiable —terminó Enid entre carcajadas.

La compuerta se abrió de lado a lado y dentro del gran salón lo que menos se palpaba era un aire de celebración. Las felicitaciones y sonrisas que esperaban los dos colegas fueron sustituidos por una enorme mesa de ejecutivos, vestidos con largas batas blancas con detalles dorados. Todos los rostros alrededor de la mesa eran conocidos por Erick y Enid y habían estado mirando por encima de sus hombros durante todo el proyecto. Cada uno de ellos era miembro importante del Gran Gobierno, teniendo representación de distintos sectores a nivel mundial. De pie, a un lado de la mesa de representantes, se encontraba Alexei. Su rostro era inescrutable, estaba alejado sin compartir discusión con sus pares.

En cuanto Erick y Enid entraron, los treinta pares de ojos clavaron sus miradas en ellos en total silencio.

—Adelante doctores, tomen asiento —dijo un hombre que yacía sentado al otro extremo de la gran mesa.

Un par de sillas vacías a un lado de la enorme mesa de marfil les esperaban

Enid y Erick se miraban intrigados, sin comprender a qué se debía aquella gran comitiva que no parecía interesada en celebrar su retiro. Alexei, por su parte, no les dirigía la mirada, permanecía de pie, mirando la ciudad a través de uno de los vidrios del ventanal. Enid y Erick no tenían opción, se sentaron en la mesa un poco agobiados.

—Estimados doctores, para nosotros es un privilegio tener a las mentes más grandes de nuestro mundo en esta mesa. Claro que no estaríamos aquí reunidos, si no fuera por el espléndido trabajo del doctor Jones y de la doctora Davis, a quienes les debemos el conocimiento y entendimiento que tenemos de nuestra propia historia —comenzó diciendo aquel adulador hombre con voz ronca y cansada, levantando con dificultad su mano para señalar a Enid y Erick, quienes no le quitaban la vista.

Se trataba de un hombre de tez morena, arrugado, cabello corto y encorvado cuerpo, que parecía tener bastantes años, sin embargo, con los avances médicos y genéticos de la época, era difícil acertar su edad.

—Muchas gracias, señores —contestó el doctor Jones—. Esperamos haber sido un gran aporte a este hermoso mundo, a nuestro hogar y haberles servido de gran ayuda.

—¡Oh! Sin duda que lo fueron, ambos han abierto la ventana para nuestra comprensión de la historia mundial. Ya no hay secretos que se nos guarde en esta tierra y eso sin duda alguna, solo se utilizará para bien en nuestra sociedad —prosiguió aquel tipo sin ser interrumpido por nadie.

—Y así esperamos que sea, ¿señor? —interrumpió la doctora Davis tratando de indagar a quién se estaba dirigiendo.

—Mi nombre es Lionel Johnson. Soy el miembro más cercano con vida al fundador del Gran Gobierno, el alcalde Johnson, pero eso no tiene importancia —contestó agitando su mano.

«Claro que tenía importancia», pensaba Enid. Era quizá la persona más importante del planeta y con más poder, tanto así, que no se tenía idea de que existiese un descendiente directo del alcalde Johnson de tan avanzada edad. En la mente de Enid solo rondaba una pregunta, «¿cuántos años tendrá este sujeto?»

El señor Johnson prosiguió:

—Sabemos que hoy se acogen a un merecido descanso, luego de servirle por tanto tiempo y de una manera tan generosa al Gran Gobierno. Yo más que nadie sé lo importante que es para el cuerpo y la mente descansar —dijo el hombre mientras se tapó su boca con su puño y aclaró su garganta para proseguir—. Sin embargo, señores, hoy el Gran Gobiernos les pide un último favor y podrán retirarse con todos los anhelos de sus corazones cumplidos.

Enid y Erick se voltearon a mirar y en sus rostros se reflejaba angustia e ira, «¿un último favor?», se preguntaban sin mediar palabra.

Ya el proyecto estaba a cargo de otro colega con quien trabajaron por mucho tiempo, no había mucho por hacer. Toda la historia de la vida del planeta estaba recopilada en millones de gigas de memoria, «¿qué último favor necesitarían estos sujetos?», seguía rondando por las mentes de los doctores.

—Hay ciertos eventos en la historia de la humanidad que podríamos evitar y cambiar —prosiguió Lionel soltando un vaso de agua del que había sorbido un trago—. Imaginen un mundo en el que las bombas nucleares no hubiesen existido y dejado el mundo hecho trizas. Un mundo en el que podamos viajar al pasado e implementar el Gran Gobierno desde antes de haberse creado, incluso antes de necesitarlo.

—Disculpe, señor Lionel —interrumpió la doctora.

—Si, adelante doctora —contestó Lionel levantando lentamente su mano y cediendo la palabra.

—En otras palabras, lo que están sugiriendo es cambiar la historia de la humanidad.

—Cambiar lo malo doctora, lo que afectó gravemente nuestra historia. Hoy tenemos muchos puntos negros.

En el año 2120, hubo una guerra de bombas nucleares que se conoció como *La Guerra del Zar*, donde más de cuarenta países contaban en su arsenal con armas nucleares devastadoras de más de cincuenta megatones, todas creadas a base de la Bomba del Zar, la bomba rusa detonada en 1961. Más de veinte bombas de este tamaño, se dejaron caer sobre ciudades densamente pobladas en el transcurso de dos años, reduciendo la población mundial en un treinta por ciento, con más de tres mil millones de bajas y dejando esas ciudades con nubes oscuras radioactivas, que hasta la fecha no han desaparecido, razón por la cual se les comenzó a llamar puntos negros, donde por el momento la vida no es sustentable. Lionel prosiguió:

—Imaginen poder eliminar todos esos puntos negros del planeta y aprovechar los recursos que ahora damos por extintos.

—Señor, con todo respeto —interrumpió Erick—, ya tenemos un mundo hermoso, es cierto, hay muchos puntos negros que se podrían utilizar, pero el mundo ha encontrado un balance entre calidad de vida, sobrepoblación y explotación de recursos. La vida en este planeta, por primera vez en años de historia humana, es sustentable.

—Pero imagine que podríamos traer más vida a este planeta doctor Jones, tenemos la oportunidad de crear un mundo más activo y darle la oportunidad a todas esas personas que fallecieron en guerras o de manera prematura este mundo tan perfecto.

—Señor Lionel, entiendo su punto —interrumpió nuevamente el doctor—, pero incluso logrando todo lo que ustedes, señores, están sugiriendo que hagamos; no sabemos qué repercusiones tendrán en nuestro futuro todas las decisiones que cambiemos sobre el pasado, incluso hoy en día sabemos que todos esos avistamientos ovnis tan populares a lo largo del tiempo, fuimos nosotros mismos, vistos más de una vez. Incluso en algún momento Gigga fue perseguida por un avión casa en los años 1900, lo que creó toda una tendencia de creencia alienígena en la época, esa fue una repercusión de años por nuestra falta de cuidado. Ahora imagine qué pasaría si cambiamos algo tan grande como una crisis económica, una pandemia, la caída de una bomba nuclear. Estamos hablando de interferir en la historia señores, no solo verla y conocerla. Es necesario que tengan claro que lo que ustedes quieren hacer es muy arriesgado.

En la voz del doctor Jones se notaba la angustia de imaginarse en interferir con la historia del pasado. Lionel miró fijamente al doctor, luego a la doctora, dio un suspiro, agachó su mirada y prosiguió:

—Doctores, en este momento ustedes han cumplido con el Gran Gobierno de una manera en la que nadie lo ha hecho jamás, hoy podrán retirarse y vivir una vida llena de paz y prosperidad en la que nadie interferirá con lo que decidan hacer con sus vidas.

Lionel levantó su mano y dos militares vestidos de negro con las siglas "G.G." en el pecho, le ayudaron a ponerse de pie y lentamente caminaron con él hasta posicionarse a la espalda de los doctores que seguían sentados en sus sillas.

—Sin embargo —prosiguió—, el proyecto sigue siendo parte del Gran Gobierno y nosotros decidiremos qué hacer con él. Por el aprecio que este planeta les tiene a ustedes como fundadores y creadores, y porque sabemos que son las mentes más grandes con las que contamos hoy en día, es que decidimos darles la oportunidad de operarlo ustedes mismos, aun así, si se niegan, el proyecto se llevará a cabo de cualquier manera.

Los doctores no sintieron las palabras de Lionel como una amenaza, pero sabían que tenían una gran decisión en sus manos, dejar el futuro y el pasado en manos de estas personas, o formar parte de esas grandes decisiones que afectarían al planeta en muchos aspectos.

Las miradas de Erick y Enid se cruzaron. Sin decir una palabra, sin que les agradara la idea y con sus sueños de retirarse echados a la basura; lo decidieron.

—Puede contar con nosotros señor —contestó la doctora Davis, sin soltar la mirada de los ojos del doctor.

—Así lo suponía —agregó Lionel dando una palmada a cada uno en la espalda y dando por terminada la reunión.

Enid y Erick se dirigían por el gran pasillo cristalizado, hacia el laboratorio que antes habían dejado para nunca más volver. No se dirigieron palabra alguna durante el trayecto, estaban abatidos, ninguno de los dos estaba contento con la idea de interferir en la historia humana a ese nivel.

Entraron al laboratorio, se dirigieron al dispensador de agua y de nuevo tomaron un gran vaso de agua fría para calmar los nervios.

—No puedo creer que esto nos esté pasando —decía Enid con voz angustiada y su mano temblorosa.

—Adiós al viaje a mi cabaña en el lago —contestó el doctor.

—No me gusta para nada la idea, pero no tenemos más opción doctor Jones, no me parece sensato dejar un proyecto de tal magnitud en manos de cualquiera.

—Tienes razón, a mí tampoco me parece sensato, doctora, hay decisiones morales que debemos tomar.

La compuerta del laboratorio se abrió de lado a lado entrando por ella Alexei con una botella de espumante y tres copas de cristal en su mano.

—Señores, tenemos un gran proyecto por delante y qué mejor que mejor manera de afrontarlo que con mis camaradas, los doctores más exitosos que han nacido en este hermoso planeta.

—Señor Alexei, ¿está usted de acuerdo con este proyecto? —preguntó Enid extrañada al ver la alegría del líder.

—Pero claro que estoy de acuerdo y muy entusiasmado también, ¿acaso no ven lo que tenemos entre manos?, ¿las vidas que podemos salvar haciendo bien las cosas?

Alexei puso las tres copas en una mesa y abrió el corcho de la botella que salió disparado y cayó a unos metros de distancia. Sirvió las copas hasta más no poder, le dio una a Erick, otra a Enid y él tomó la última.

—Doctores, debemos hacer un brindis, por el bien de la humanidad. Por ese hermoso futuro que crearemos de la mano del pasado, y por los much...

De pronto, todo fue oscuridad, las luces se apagaron y todas las máquinas del laboratorio dejaron de funcionar. Alexei tomó a Enid y a Erick de sus blancas batas y los jaló hacia él hablándoles con susurros.

—No tenemos mucho tiempo, el apagón no durará mucho.

—¿Acaso usted…? —preguntó Erick sin terminar la frase.

—¡Silencio!, no tenemos mucho tiempo, escúchenme con atención. No hay lugar en este planeta en el que no nos escuchen, ellos están en todos lados, en todo momento y se van a percatar del más mínimo movimiento que hagan, caminen con cuidado, hablen con cuidado y sepan disimular. Rápido beban un gran sorbo, rápido, rápido —dijo golpeando sus espaldas mientras los dos sin comprender lo que pasaba bebían un sorbo del licor de sus copas.

Alexei prosiguió:

—Solo hay una manera de saber si lo que hacemos en el pasado va a ser bueno o malo para la humanidad, miremos el futuro.

Alexei se apartó de ellos, levantó su vista al techo y las luces volvieron.

—¿Gigga que sucedió?, ¿está todo bien? —preguntó simulando estar preocupado.

—Todo en orden señor. Un problema con el suministro eléctrico. Se está enviando el informe a mantenimiento —contestó la voz en la sala.

—Perfecto, perfecto. En fin, debo retirarme señores, pueden terminar la botella y como les dije, es un placer poder trabajar nuevamente con ustedes.

La doctora Davis y el doctor Jones no terminaban de comprender las acciones y comentarios de Alexei y ese cambio de personalidad tan repentino, pero creían entender lo que quería hacer, o más bien, lo que les sugirió hacer. Se miraron rápidamente y con una simple mirada ambos estaban de acuerdo nuevamente. Ese día se retiraron a sus hogares sin su merecido retiro y peor aún, con muchas preocupaciones y trabajo por delante.

Los días venideros fueron días complicados. Tanto Enid y Erick debían trabajar en dos proyectos al mismo tiempo; el primero, enviar personas al pasado y tratar de cambiar la historia de la humanidad. El segundo y más complicado, enviar una nave al futuro a recopilar información sobre el destino de la raza humana, para verificar qué implicaciones tendría cambiar el pasado. Lo más complicado de este último proyecto, era burlar a Gigga, la inteligencia artificial que controla el planeta entero. A cargo de esta difícil tarea, estaba la doctora Davis, quien tenía mucha más experiencia en el manejo de la tecnología de la época, y sabía cómo evitar ser espiada por quien tenía ojos y oídos en todos los rincones del planeta.

En teoría, la misión era sencilla, solo debían enviar una nave a sobrevolar el planeta por mil años y luego le darían la orden de volver al pasado, tan solo tres segundos después de haber iniciado su misión, como anteriormente lo habían hecho con sus otras naves. Luego solo deberían echar un vistazo a ese futuro y de ahí obtendrían las pruebas necesarias para demostrar que modificar el pasado tendría repercusiones severas.

Casi un año más tarde, con la ayuda e influencia de Alexei, lograron crear una nave independiente al proyecto. El supuesto propósito principal de dicha nave, era investigar algunos datos anteriores al jurásico, justificado como un capricho de Alexei quien por sus años bajo la tutela del G.G. no tuvo problemas en convencerlos, pero los tres sabían que el destino de esa nave no era el pasado, sino el futuro. A pesar de que contaban con la tutela de uno de los líderes más influyentes del momento, no podían evitar sentir pavor por ir en contra del Gran Gobierno, sabían que ser descubiertos y gastar recursos en algo que no era su propósito principal, no sería bien visto por Lionel y los demás líderes. Aun así, con todo y el miedo de las repercusiones que tendría su traición, diez meses y quince días después de la reunión de los doctores con Lionel, la nave hacia el futuro despegó del centro Joseph H. Holens con destino a ningún lugar, a vagar por el planeta durante mil años y demostrar que tan sensato sería cambiar la historia. Como en los proyectos anteriores, luego de realizar su tarea, debía volver tan solo unos segundos después de haber partido y así fue.

La doctora Davis, creó un programa aparte a Gigga, basado en su misma estructura, otra inteligencia artificial a la cual llamó Oby-1, que sería quien tomaría el control de la nave al despegar y le arrebataría el mando a Gigga, dejándola inutilizable. Luego con tecnología militar avanzada, camuflarían la nave por mil años, hasta su regreso, grabando y explorando el planeta hasta tener todos los datos necesarios.

Mientras la nave ascendía al azul cielo y se convertía en un punto apenas visible, el contador en la pared marcaba en números positivos uno, dos, tres.

Un destello blanco se desprendía apareciendo en su lugar la misma pequeña nave, un poco más desgastada, donde hace unos momentos esperaba para emprender su viaje.

—Mire doctora, es increíble ¿no? —decía el doctor Jones dirigiéndose a la doctora mientras señalaba el cielo.

—¿A qué se refiere, doctor?

—Aquel punto en el cielo, es esta misma nave que acaba de aparecer en su lugar, apenas emprendiendo su misión, ¿no le parece increíble?, tenemos dos naves, que son exactamente las mismas, pero a la vez no lo son. Estamos presenciando una paradoja.

—Sin duda alguna, doctor —contestó la doctora Davis con una mirada de preocupación en su rostro—. Me parece extraordinario, pero a la vez me parece algo con lo que no deberíamos estar jugando.

—Estoy totalmente de acuerdo doctora —contestó el doctor con un gran suspiro.

Luego de un momento admirando el diminuto casi imperceptible punto en el cielo, el doctor Jones continuó:

—¿Cuál fue el nombre que le pusiste? —preguntó el doctor Jones.

—Oby, llámalo Oby.

—Ok perfecto. Oby, descarga los datos de la nave y analízalos. El resultado de esta investigación nos dará una visión clara de que paso debemos seguir con respecto a cambiar el pasado.

—Descargando y analizando datos —se escuchó con la voz robotizada que salía de la nave.

Los presentes estaban extrañados al escuchar al doctor Jones dirigirse a un tal Oby, y no a Gigga, la inteligencia que controlaba todo; pero a estas alturas el experimento estaba realizado, así que ya no era necesario ocultar el verdadero destino de la nave del futuro. De igual manera, Jones y Davis seguían siendo los jefes, y ninguno de los científicos que trabajaban en su laboratorio, se opondría a sus decisiones.

Mientras esperaban un momento el análisis de los mil años de datos, la doctora no dejaba de mirar el cielo azul.

—¿Aún buscas la nave?, ya no debe de ser perceptible desde aquí.

—No doctor, no busco la nave. Admiro el paisaje. Solamente cuando lanzamos una nave nos tomamos el tiempo para admirar este bello cielo azul, nuestro trabajo es envolvente y exhaustivo para darnos ese lujo, ¿no cree doctor?

El doctor miró los ojos maravillados de su amiga Enid e imitándola, contempló el cielo por un momento. Luego de unos minutos perdidos entre el azulado paisaje, la voz de Oby los devolvió a la tierra.

—Análisis de datos completo.

El doctor Jones, volteó a mirar a la doctora Davis, tenso por tener en sus manos las respuestas de su futuro.

—¿Está lista para conocer qué nos depara el futuro, doctora?

—Nadie puede estar listo para esto doctor, pero adelante.

Alexei quien presenció el lanzamiento desde la plataforma elevada detrás del cristal, ya estaba a pocos pasos de ellos, listo de igual manera para escuchar qué tenía que decir Oby tras el análisis.

—¡Oby! —dijo el doctor fuertemente—, muéstranos cómo será la vida en el futuro. Gigga, dale acceso a las pantallas del laboratorio.

—Como ordene doctor —se escuchó la voz de Gigga por todo el laboratorio.

Una gran pantalla holográfica se desplazó en medio de la sala, a la vista de cualquiera que estuviera alrededor, como aquella primera vez que Gigga viajó en el tiempo. Lo que pudieron ver fueron los más hermosos y frescos paisajes que ninguna persona hubiese imaginado. Grandes bosques rebosantes de la más hermosa verde vida, montañas nevadas con sus fríos y blancos paisajes, donde el sol las hacía brillar cual dunas de cristal. Una vida marina increíblemente abundante, de múltiples colores, con corales que se extendían a lo largo de todo un continente. El mundo era un arcoíris de vida con extrañas nuevas especies, todas en un ambiente equilibrado. El planeta gozaba de la más rica y armoniosa vida.

—¡No lo puedo creer! —decía la doctora Davis con sus ojos empapados en lágrimas, conmovida por los hermosos paisajes que parecían más de un pasado prehistórico que de un lejano futuro.

—Es hermoso, ¿verdad? —decía el doctor con su voz encantada por la belleza, sin apartar la vista de la pantalla.

Alexei, un paso atrás de los doctores pasó sus regordetes brazos por encima del hombro de cada uno de sus colegas acercándolos a él con alegría, sin expresar palabra alguna, muy probablemente embargado también por la emoción. Luego de muchas imágenes de increíbles criaturas y plantas de todo tipo, con sus cerebros ya extasiados ante tal belleza el doctor Jones prosiguió:

—Oby, muestra cómo viven los humanos en ese hermoso mundo.

Luego de unos pocos segundos que fueron eternos, Oby contestó:

—Error. No se encuentra registro de la especie solicitada.

—¿Qué? —dijo el doctor Jones levantando la voz e intrigado ante la respuesta de Oby—. ¿A qué te refieres con que no se encuentra registro?, muéstrame a los humanos, Oby.

—Error. No se encuentra registro de la especie solicitada —repitió Oby con esa frase que retumbaba en las cabezas de quien lo escuchaba.

—Esto no puede ser, ¿qué está sucediendo? —decía la doctora Davis extrañada por los registros de la nave—. Lo buscaré manualmente.

Rápidamente se dirigió a un panel de control a su izquierda y comenzó a teclear lo más rápido que pudo, mirando de un lado a otro la pantalla frente a ella mientras distintas imágenes corrían una sobre otra sin mostrar rastros de vida humana.

—¡No puede ser! —dijo Enid tapándose su boca con ambas manos sin creer lo que sus ojos veían.

—¿Qué sucede doctora? —dijo el doctor Jones acercándose a ella y postrando su mano sobre su hombro para voltearla.

Su piel pálida, casi tan blanca que se mezclaba con su bata de científica, ya la había presenciado una vez con anterioridad, en el momento en que descubrieron cómo viajar en el tiempo. Al doctor no le cabía duda, el silencio y la mirada turbia de su colega solo podían significar una cosa. En mil años, ya no existía la especie humana.

Capítulo III: La esperanza de la humanidad

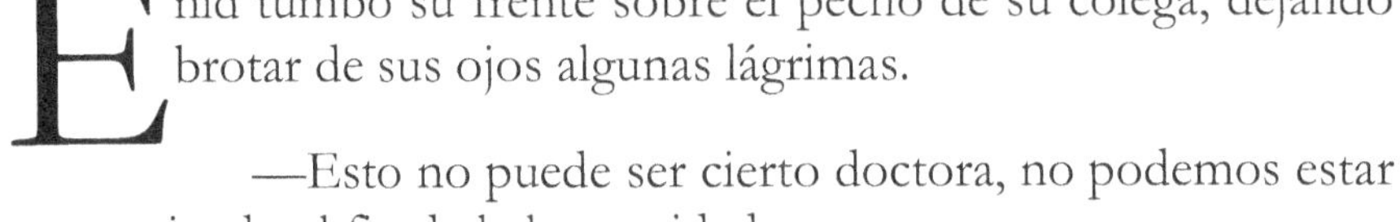

Enid tumbó su frente sobre el pecho de su colega, dejando brotar de sus ojos algunas lágrimas.

—Esto no puede ser cierto doctora, no podemos estar presenciando el fin de la humanidad.

—Es lo que es doctor, no hay error —contestaba Enid sin levantar su mirada—. Pero hay algo más.

—¿Como algo más?, ¿qué quieres decir? —preguntó el doctor mientras tomaba de los hombros el cuerpo de su colega para mirarla a los ojos, los cuales ahora estaban aguados, pero no de admirar verdes paisajes.

—Lo que estamos mirando son las imágenes de la vida dentro de mil años, una vida sin humanos, pero los últimos indicios de humanidad que registró nuestra nave son de tan solo 194 años a partir de ahora.

—¡¡¿Qué?!! —agregó Erick mientras apartaba a Enid bruscamente— ¡¡¿Eso qué quiere decir?!!

Rápidamente el doctor Jones se acercó al panel de control y digitó algunos caracteres. En la pantalla holográfica se logró ver una turbia imagen. Una niña de tan solo cinco años, acuclillada abrazando sus piernas en un campo de arena desértica, mirando el mar. Tenía sus ojos llorosos, su piel estaba seca y se notaba el pánico en sus ojos, pero no se movía. De un momento a otro dejó de respirar. En la gran pantalla se veía en una esquina superior, con letras rojas parpadeantes: "noviembre 05, 2612". Esa era la fecha en la que moriría el último humano del planeta.

Por un momento el silencio y la tensión en la sala del laboratorio se sentía en el aire. Nadie dijo ni una palabra por varios minutos, mirando aquella imagen de la niña sola sin vida, sobre la arena con sus ojos perdidos en la distancia.

El doctor Jones se alejó de la doctora Davis, siendo ahora este quien tapaba su boca con las manos y buscando donde tomar asiento.

—Esto no puede ser doctora, ¿acaso es culpa nuestra?, ¿es por nuestra interacción con las leyes de la física?, ¿fuimos nosotros los causantes de la extinción de la humanidad?

—Tranquilo Erick, no te adelantes a los hechos —dijo la doctora Davis mientras se acercaba a él tratando de calmarlo, mirando la tristeza que desprendían sus ojos—. Somos científicos ¿lo recuerdas?, no nos basamos en conjeturas, nos basamos en hechos. Aún nos faltan muchas pruebas para deducir que esto es por nuestra interacción con el pasado.

—Tienes razón, tienes razón doctora, aún debemos indagar bien y saber cómo llegamos a esto, debemos enviar más naves al futuro y recopilar más datos. Nuestro primer paso es informar al Gran Gobierno lo que descubrimos.

—No creo que sea necesario informar nada —interrumpió Alexei a los doctores mientras aún le costaba salir del asombro.

—¿A qué se refiere, señor?

La pregunta del doctor fue interrumpida por las compuertas del laboratorio que se abrían en ese preciso momento. Dos militares ingresaron directamente a paso firme hasta estar de frente a los doctores, quienes apenas se incorporaban al verlos acercarse.

—Doctores —dijo con voz gruesa uno de los soldados— acompáñenos, por favor.

Erick y Enid no comprendían hacia dónde se dirigían, pero no hacía falta indagar mucho para saber que el Gran Gobierno ya estaba enterado de lo que habían descubierto. Sin mediar palabra, se dirigieron al gran salón donde meses atrás estuvieron reunidos con aquellos hombres que controlan el mundo.

Las dos grandes compuertas de vidrio se abrieron al acercarse la escolta y los custodiados. Detrás de la enorme mesa de marfil que ya conocían los doctores por su visita anterior, estaba el señor Lionel Johnson sentado en su silla, con dos guardaespaldas detrás de él. Sostenía en sus manos un bastón negro de acabados finos y cabeza de león dorado. Aunque su rostro miraba el suelo, sus ojos se asomaron por un momento por encima de sus lentes, mirando la entrada de ambos doctores. Una imagen intimidante para Erick y Enid. Volvió a bajar la mirada, parecía pensativo y así estuvo por un momento más, hasta que su desgastada voz rompió el tenso silencio.

—Así que 194 años —dijo en voz alta.

El doctor Jones y la doctora Davis voltearon a mirarse sin saber qué decir al respecto. Antes tener oportunidad de contestar algo, Lionel continuó:

—Al otro lado del mundo, en el sector PI8315, existe un departamento de investigación dedicado exclusivamente a comprender las razones del colapso de las grandes civilizaciones que han existido a lo largo de la historia humana. Como podrán estar pensando en este momento, su trabajo de viajes en el tiempo fue una catapulta para las investigaciones realizadas en este sector.

El señor Johnson ni siquiera levantaba la mirada, parecía que estaba hablando solo.

—Con toda la investigación de este sector, hemos llegado a una conclusión, "Las siete sombras de la humanidad", "Las siete plagas de la mente", "Los siete pecados capitales", cada nombre más terrible que el anterior, ustedes utilicen el que deseen. Fuimos tan egocéntricos como para llegar a pensar que nuestra utopía había logrado superar este mal al que está arraigado a nuestro inconsciente —Lionel soltó el bastón solo para señalar su arrugada y canosa cabeza—, pero gracias a su proyecto secreto, nos hemos dado cuenta de que nos quedan menos de doscientos años para ser víctimas de nuestra propia historia.

El silencio fue turbio luego de esta afirmación. Lionel parecía dolido con las palabras que brotaban de su boca, daba la impresión de no querer decirlas, pero era necesario hacerlo. No podía creer que luego de años de innovación en campos como la medicina, la agricultura, la ciencia; después de controlar la natalidad y brindar la mejor calidad de vida que la humanidad ha tenido en años, aun así, su utopía haya encontrado la manera de destruirse, de extinguir a la especie más importante del planeta. A Lionel le quedaba muy poco tiempo de vida, y estaba seguro de que no se iría de este paraíso terrenal, sin solucionar la manera de continuar con la especie humana. Haría todo lo que estuviese a su alcance, y no escatimaría ni monetaria, ni éticamente en todo lo que tuviera que hacer, aunque esto significara realizar sacrificios.

—Señor, de verdad debemos hacer algo, no podemos dejar que la raza humana se extinga —dijo el doctor Jones preocupado.

—Doctor Jones, como le dije anteriormente, sabemos la causa de nuestra extinción, pero no la cura. Por más que entendamos cómo va a suceder nuestro deceso, es imposible que lo detengamos, no podemos predecir o manipular la vida y comportamiento de todos los millones de personas que aún quedan de este planeta. Hace falta tan solo una chispa para iniciar una explosión. ¿Acaso vieron estas imágenes?

Del centro de la mesa se proyectó una gran pantalla que no les permitía a los doctores y a Lionel mirarse entre sí. En esta comenzaron a pasar frente a ellos imágenes desgarradoras, explosiones masivas a nivel mundial, hambrunas, plagas, virus, armas que se vendían más que alimentos; destrucción. Era un mundo desgarrado y en la oscuridad, con una atmósfera oscura donde la noche parecía eterna y al final de estas imágenes, de nuevo el último aliento de la niña, tendida sobre un gran mar de arena oscura, con la mirada perdida y su cuerpo delgado con un rostro casi cadavérico.

La pantalla volvió a desaparecer y los ojos de Lionel se clavaban sobre ambos doctores con furia, como si culpa de ellos fuera lo que acababan de presenciar.

—¡Ihsan Abdhul! —dijo Lionel con rabia—. Ese es el nombre de esta niña, de la última humana del planeta.

La doctora Davis rápidamente se tapó su boca evitando que saliera de ella un quejido de dolor.

—Doctores —continuó Lionel haciendo una leve pausa— les debo preguntar algo. ¿Que están dispuestos a hacer con tal de evitar este futuro?

—Señor Lionel, a que se refiere con ¿qué estamos dispuestos a hacer? ¿acaso hay alguna manera de evitar nuestro futuro? Usted mismo nos acaba de decir que conocer nuestros defectos no es garantía de poder desarraigarlos de nosotros mismos. ¿Qué es lo que propone?

A duras penas Lionel se levantó de su asiento con ayuda de sus guardaespaldas mientras se dirigía de frente a los doctores. Ya teniéndolos más de cerca les dijo:

—Señores, ustedes nos dieron una ventana al pasado, pero necesitamos una puerta. Saber cómo nos vamos a extinguir, no es suficiente para evitarlo. Debemos estudiarlo, comprenderlo y entender cómo extirparlo de nuestras mentes, sin embargo, ¿Cómo podemos deshacernos de un rasgo evolutivo que ha moldeado nuestra esencia durante miles de años?

—Estudiándolo desde un inicio —dijo Enid preocupada por su respuesta.

—Efectivamente doctora y para estudiarlo debemos tener sujetos de prueba, de todas las civilizaciones que cayeron. Debemos entenderlos y dirigirlos a un colapso mundial para estudiar su comportamiento, es la única manera de conocernos a nosotros mismos.

—No comprendo señor Johnson, ¿qué es lo que debemos hacer? —preguntó Erick pensativo no queriendo creer lo que le parecía sería la respuesta.

—En otras palabras, doctor Jones, la única solución para evitar el fin de la humanidad, es enviar una gran nave al pasado, tomar sujetos de pruebas de todas las civilizaciones antiguas y someterlos a duros escenarios donde se ponga a prueba su valía, su moral y su valor por la vida. El equipo de investigación que les mencioné anteriormente, ha realizado algunos estudios con sujetos de prueba, los han sometido a situaciones difíciles.

—No comprendo señor Johnson, ¿cómo han realizado estas pruebas? —preguntó Erick intrigado.

—Los sujetos de estudio han sido reclutados de manera, por así decirlo, voluntaria, sin embargo, no se les ha contado toda la verdad. Se les ha dormido y se simula un mundo en su mente, es como un sueño que los sujetos ven como realidad. Estas pruebas duran solo unas horas, pero para los sujetos son años de vida, forman relaciones, vínculos y crean sociedades estables, pero cuando se ven en alguna situación complicada, su verdadero ser sale a la luz. Todos los sujetos son soberbios, avaros, piensan en ellos mismos, en sus deseos carnales, sin importarles lo demás, es ahí donde todos los sujetos sin excepción demuestran su parte más primitiva y es en esa etapa donde los datos nos demuestran cómo funciona nuestro cerebro ante la extinción. La humanidad no tiene que aprender a erradicar colapsos, tiene que aprender a superarlos. Si descubrimos una manera de evitar que nuestra psique nos traicione y piense egoístamente, seremos capaces de sobrevivir ante cualquier eventualidad.

Enid y Erick no cabían del asombro por lo que escuchaban. Creían entender a qué se refería Lionel y el rumbo que tomarían los dos experimentos en conjunto, el de viajes en el tiempo y el de estudio de las sombras de la humanidad. Sabían lo que esto implicaba, utilizar sujetos de prueba sin su aprobación, someterlos a escenarios difíciles y estudiar su comportamiento. Se enfrentaban a un dilema ético, pero entendían que situaciones extremas, ameritan medidas extremas.

—¿Y cuánto durarán esas pruebas señor Johnson? —preguntó Enid.

Lionel se quedó por un momento pensativo, mirando a Enid a los ojos seguro de que su respuesta no gustaría para nada.

—El estudio es muy reciente, y hemos tenido pocos sujetos de prueba por al menos dos años, pero estamos seguros de que para lograr cambiar nuestro arraigado deseo de destruirnos, necesitamos al menos unos cinco mil sujetos, en pruebas durante veinte o treinta años, doctora Davis.

—¡¿20 o 30 años?! —preguntó el doctor Jones levantando la voz.

—En otras palabras —prosiguió Enid—, ¿le estaríamos quitando alrededor de veinte o treinta años a cada sujeto de prueba, los cuales serían miles, abarcando cada civilización posible alrededor del mundo?

—Miles de personas doctora Davis, miles de personas que ya murieron para salvar a millones que aún vivimos, y no solo los millones de ahora, sino los que dentro de doscientos años van a poder nacer y seguir teniendo una vida en armonía, sin rencores, sin sufrimientos, sin pecados, por muchos años más de vida humana. Estaríamos sacrificando a unos cuantos, con tal de salvar a toda una especie.

—Lo entiendo, señor —contestó Erick inmediatamente sin mostrar remordimiento alguno—, entiendo lo que esto conlleva. Estoy seguro de que seremos verdugos para muchos, pero si con esto salvamos millones de vidas, pondré mi mejor empeño en este experimento —culminó estrechándole la mano a Lionel.

—¿La tengo a usted con nosotros doctora Davis? —preguntó Lionel.

La doctora Davis no estaba aún convencida con la idea, no quería formar parte de un experimento que quitara gran parte de la vida a muchas, o más bien, miles de personas. A pesar de las imágenes de sufrimiento, destrucción y caos; a su mente solo venían aquellas bellas primeras imágenes de una tierra dentro de mil años, verde, equilibrada, sin humanos, pero rebosante de vida. «¿Quiénes somos nosotros para cambiar el curso de la historia?, si hasta ahí llegaba la historia de la humanidad ¿porque debíamos privar al planeta de esa extinción que solo generó más vida?», se preguntaba Enid en su mente.

Ese mundo primitivo, salvaje y lleno de vida; la cautivó y la llenaba de felicidad, aunque nunca lo fuera a presenciar.

—¿Doctora Davis? —preguntó de nuevo el señor Lionel Johnson.

Con una sonrisa forzada en su rostro, la doctora Davis contestó:

—Sin duda alguna señor, daré mi máximo esfuerzo en pro de la vida.

54

Capítulo IV: El último viaje

Dos años más tarde, el proyecto estaba listo para ser puesto en práctica. Una enorme nave, redondeada, incapaz de ser detectada por ningún radar creado hasta el momento, con camuflaje de la más alta tecnología y capaz de albergar hasta 950 personas al mismo tiempo, estaba lista en el hangar del laboratorio, esperando a ser lanzada al pasado a través de miles de años en el proyecto más ambicioso hasta el momento… evitar la aniquilación humana.

La nave estaba equipada con oxígeno generado mediante el vapor de la atmósfera. El alimento para los sujetos de estudio se autogeneraría de manera artificial y los mantendría con vida durante los años que fueran necesarios para una adecuada recopilación de datos. Los sujetos serían tomados de zonas remotas, y serían personas sin importancia relevante en la historia de la humanidad, para evitar lo menos posible un impacto significativo en la historia. Oby tenía la misión de viajar por varias épocas de la historia, recoger humanos de distintas etnias y credos, inducirlos en un sueño profundo y someterlos a los más duros escenarios, que crearía en sus mentes como sueños, pero de lo más reales posibles. Luego de someterlos a cada escenario, borraría sus mentes y los sometería a otro, recordando solo algunas pequeñas cosas o incluso creyendo tener vidas o talentos que nunca han tenido. A pesar de que Oby ser una creación de Enid para evitar la intromisión del Gran Gobierno en la nave que iría al futuro, se les permitió mantenerla como la inteligencia principal del proyecto para evitar fugas de información. Oby tenía la orden de hacer lo enteramente posible por la seguridad del experimento, pero si en algo todos estuvieron de acuerdo, fue en que tendría prohibido matar. El fin de esta nave era estudiar la vida, para mantener la vida, en caso de algún inconveniente, Oby solo debería eliminar el oxígeno de la nave por unos minutos, y esto haría desmayar a cualquiera, sin necesidad de usar fuerza bruta.

Todo estaba listo, cada detalle revisado y probado para la enorme nave, totalmente autosustentable. Una completa obra de tecnología de punta del año 2420, pero para la doctora Davis, era solo una guillotina que cortaba la cabeza de sus víctimas lenta y dolorosamente.

La doctora Davis, nunca pudo eliminar de su mente aquellas hermosas imágenes plagadas de vida, con colores hermosos y escenarios paradisíacos, donde por fin el planeta había encontrado un equilibrio. Ella nunca estuvo de acuerdo con el proyecto, pero sabía que debía estar adentro para poder tenerlo, o que nadie más sabía, es que la doctora estuvo trabajando en su propio plan durante esos años. La doctora Davis era la mayor mente maestra en cuanto a tecnología informática de la época. La inteligencia artificial que controlaría esta nave, era independiente a la del resto del planeta, ya que se necesitaba no solo discreción, sino también que actuara sin limitaciones y tomara las decisiones necesarias para el éxito de la misión. La doctora Davis sabía esto muy bien y no podía solo hackear a Oby, como lo hicieron con la nave que se envió al futuro, ya que esto reportaría un error antes de iniciar la misión. Tampoco podía sabotear la nave, porque en caso de que se enteraran la eliminarían del proyecto y su mundo nunca vería aquella belleza de mil años en el futuro. La única manera era sabotearla, era desde adentro, algunos años después de haber iniciado con el experimento.

Solo había una persona capaz de burlar la inteligencia de Oby y era ella misma, así que copió su mente, recuerdos, su vida, su propósito, día con día hasta la noche anterior al lanzamiento y se incluyó en el núcleo del sistema central de la nave. Solo confiaba en que ella misma buscaría la manera de que esa nave no volviera con las respuestas de cómo salvar a la humanidad y con esto salvar aquel hermoso planeta, liberando a los sujetos de prueba de su constante sufrimiento.

Por un lado, recordaba aquel rostro de la pequeña niña dando su último aliento, pero también comprendía que todo tiene su ciclo en la vida. Antes de ser una científica, era una amante de la naturaleza y por años estudió los ciclos de la vida, por lo que sabía muy bien que cuando algo muere, más vida brota de ello, así de maravilloso es este planeta. Enid creía fervientemente que lo más importante siempre es la vida terrestre, y no la egocéntrica especie humana que siempre cree ser lo mejor que le ha pasado a la tierra. No fue una decisión difícil para Enid Davis, saber cuál era la mejor opción. Recordaba constantemente las últimas palabras que le dirigió a Lionel aquel día, ella nunca faltó a su palabra, haría lo que fuera en pro de la vida.

El día cero era una hermosa mañana de martes, solcada y despejada, pero fría. Los doctores llegaron alrededor de las diez de la mañana a realizar los últimos chequeos, ya que tendrían una gran comitiva de líderes del G.G., incluso Lionel Johnson estaría en el lugar, expectante para verificar los resultados que traerían consigo del pasado, la respuesta para salvar a la raza humana.

Dos horas se pasaron rápidamente entre verificaciones y pequeñas pruebas. Enid estaba nerviosa, ya que la llegada de esta nave traería dentro la respuesta para prolongar la vida humana, pero si la nave fallaba en algún momento durante sus años de pruebas, al mundo le esperaría un caos del que brotara la vida. Fuera lo que fuera que pasara, traía consecuencias devastadoras, ya fuera para la humanidad, o para el planeta. Aun así, Enid seguía firme ante su decisión, ninguna especie es más que otra, y si la vida humana llegaría a su final en 194 años, así tenía que ser.

Minutos más tarde, Alexei, Lionel y una comitiva de al menos quince personas más, esperaban ansiosas sentadas sobre aquel palco de cristal suspendido, en el mismo laboratorio donde anteriormente habían lanzado las naves al pasado, solo que esta vez por el tamaño tan imponente de la nave, se extendió el laboratorio varios metros de longitud para poder construir aquel laboratorio flotante que albergaría vida por muchos años.

—Doctora Davis, ¿todo en orden? —preguntó el doctor Jones a su asistente mientras verificaba en sus pantallas holográficas los datos que en estas se proyectaban.

—Sí, doctor Jones —contestó ella también sin dejar de mirar las pantallas a unos pasos de distancia.

—Es un momento decisivo doctora, nada puede salir mal y tenemos solamente una oportunidad. Es un momento que no sólo quedará en la historia de la humanidad, sino que hará perdurar la humanidad misma.

—No se preocupe doctor —contestó la doctora con seguridad—. Hemos hecho todo al pie de la letra, no deberíamos tener inconvenientes.

Se sentía una gran tensión en la gran habitación blanca. Personal corriendo de un lado a otro y una luz roja dando la alerta a los presentes de que la misión estaba a punto de comenzar. Solo tenían una oportunidad para demostrar que su trabajo daría frutos, para ellos obtener los resultados y las respuestas, tardaría segundos, para la gran nave que enviarían al pasado, cientos de años de estudios.

El doctor volteó a mirar a su alrededor. Arriba en lo más alto de la sala, detrás de un gran cristal que fungía como ventana, observaban sus movimientos las más grandes mentes de la época, pero esto no era lo que le aterraba al doctor Jones, si no que entre los observadores se encontraban aquellos torpes que aún tantos cientos de años después, seguían siendo quieres manejaban los hilos del mundo, o lo que iba quedando de él. El doctor Jones tenía todo muy bien planeado, serían segundos, la nave tenía la orden de ir al pasado, recopilar la información sobre las *Siete Sombras* de la humanidad y volver a esa misma fecha, ese mismo día, tan solo tres segundos después de haber emprendido su viaje. Las miradas estaban fijas en él.

Todo estaba listo. Una enorme pantalla con un contador en retroceso marcaba menos treinta y cinco segundos, menos treinta y cuatro, menos treinta y tres…

El techo de la gran sala donde se encontraban se comenzó a abrir de par en par, dejando entre ver el azul del cielo que los iluminaba ese día. Era una sala enorme que albergaba una nave del tamaño de una cancha de fútbol la cual levitaba silenciosamente a unos metros del suelo. Menos veintitrés, menos veintidós, menos veintiuno… el contador seguía cayendo mientras el doctor no paraba de sudar por la tensión que en ese momento tenía en sus hombros.

Un hombre de gran tamaño, obeso, con una gran bata blanca se puso de pie entre los asistentes que se encontraban detrás del cristal, que presenciarían ese momento tan importante en la historia de la humanidad. Miró fijamente al doctor Jones y bajó su cabeza sutilmente como dándole su aprobación y apoyo de que lo que estaba haciendo, era por el bien de todos ellos. El doctor volteó a mirar con sus ojos aterrados a la doctora Davis manteniendo entre los dos una mirada fija y silenciosa, con la que se comunicaban sin siquiera expresar palabra alguna, sus rostros lo decían todo, estaban aterrados. La doctora tomó una especie de chip que introdujo en su panel al mismo tiempo que lo hizo el doctor Jones. Inmediatamente la nave lanzó una ráfaga de aire a unos veinte metros de distancia de los doctores y su personal, quienes sintieron una sutil brisa en su rostro. La nave comenzó a ascender rápidamente hasta alcanzar una gran altura varios kilómetros sobre la gran sala. Apenas se notaba entre el azulado cielo de la ciudad.

—Buen viaje Oby, nos vemos en unos segundos —dijo el doctor Jones.

Una cálida voz femenina que se escuchó por toda la sala respondió:

—Muchas gracias doctor, nos vemos en algunos años.

El contador seguía descendiendo ya llegando a su límite mientras la nave seguía suspendida en la altura. Menos cuatro, menos tres... las miradas estaban puestas sobre la nave, nadie quería perder el suceso, menos dos, menos uno, cero. Un gran halo de luz se desprendió de la nave, dejando por un momento una línea blanca que partía el cielo de lado a lado. Fue un segundo en que el tiempo se paralizó para todos los presentes, pero inmediatamente todos voltearon a mirar nuevamente el contador, el cual ahora marcaba números positivos.

Uno, dos...

Capítulo V: El sueño

Fuertemente lo tomó del brazo mientras recostaba su frente sobre Fran. Alissa no podía creer que Oneill hubiese muerto en sus brazos la noche anterior. «Maldito Mario, nunca te voy a perdonar esto que hiciste, espero que te estés pudriendo en el infierno», pensaba molesta.

—Fran, ¿cómo pudo pasar esto? —preguntaba Alissa, mientras de ambos brotaban lágrimas a borbollones.

—Aún me parece increíble, Ali —contestó Francisco con su voz entrecortada—, nuestro amigo Mario nunca fue quien nosotros creímos. Aunque me duele en el alma, agradezco a Enid que lo haya matado, se lo merecía el muy cabrón.

Alrededor de una gran pila de tierra, se encontraban Alissa, Francisco, Enid y algunas otras personas de la nueva comunidad El Retiro, dando su última despedida a aquel a quien les abrió los ojos y les mostró el verdadero monstruo que tenían por líder. Era el último de al menos doscientos cúmulos de tierra de aquel cementerio improvisado.

Entre las personas que se encontraban a su alrededor, había alguien que llamaba la atención de Alissa, un señor de avanzada edad, greñudo de cabello blanco y larga barba, un poco desaliñado que no se movía del lado de Enid, la nueva líder del grupo; y que no le quitaba la mirada a Alissa de encima. En un principio ella pensó que era un acosador o algún otro enfermo, pero había algo en aquella triste mirada que le causaba lástima. Se le veía muy cansado, «en fin», pensaba Alissa, «quien no iba a estar triste en aquella posición en la que se encontraban, rodeados de muerte y un futuro incierto».

—Fran, ¿quién es ese tipo del frente? —preguntó Ali.

—¿El que está al lado de Enid?

—Si ese, ¿quién es?

—No tengo idea, debe de ser alguien de la antigua comunidad de Farith, hasta ahora lo veo.

—Pues lo veo muy amigo de Enid y ella no tiene más de unos días por acá. Pero bueno, solo voy a andarme con cuidado.

—No te preocupes Ali, te aseguro que no te voy a dejar sola ni un minuto. Después de la traición de Mario, no confío en nadie más.

—Tienes razón, yo tampoco puedo bajar la guardia con nadie. Ahora eres la única persona en la que puedo confiar —concluyó Ali.

Francisco y Alissa terminaron su diálogo acercándose más el uno al otro, mientras Fran rodeaba con su enorme brazo a su amiga para abrigarla. Luego de unos minutos y después de una corta ceremonia en honor a Oneill y los demás caídos, se retiraron buscando el abrigo de sus tiendas. Ya estaba cayendo el atardecer.

—Fran, ¿qué te parece un colacao?

—¡Oh! los fresquitos calientes, me encantaría la verdad. Necesito un poco de dulce chocolate en mi vida.

—Vale, vi algunos en el almacén vamos y…

Alissa no pudo terminar la frase por caer desmayada y perder el conocimiento. Todo era oscuro para ella, lo único que sentía era una gran presión en su pecho y dos manos que la agitaban de un lado al otro.

—Alissa, despierta Alissa.

Era todo lo que escuchaba mientras sus ojos cegados por la luz miraban únicamente un destello blanco que le impedía ver más allá. Pero, esa voz, la recordaba muy bien, era la voz de Mario. «No puede ser Mario, acaba de morir», pensaba Alissa entre su delirio de sueño y realidad. Alissa volteó su mirada y sobre una especie de cama a su lado, reconoció lo que le pareció ver entre destellos un rostro conocido.

—¿Oneill? —preguntó con una voz desgastada que ni siquiera ella misma reconoció— ¿Oneill eres tú?

Pero Alissa no recibía respuesta. Su vista comenzaba a aclararse, segura de que se encontraba en un sueño, el sueño más extraño, pero a la vez el más real que había tenido en años. Alissa levantó sus brazos, pero lo que vio le pareció muy extraño. Eran los brazos de una débil anciana, delgados y arrugados; con la piel pálida y manchada. No podia creer el cuerpo cadavérico que miraba. Lentamente bajó sus manos y tocó su cara, era ella, pero era una anciana. Alissa no logró soportar la impresión y un gran grito de desesperación la hizo levantarse de golpe. Se encontraba dentro de su tienda de campaña, en El Retiro, sudando, agitada y muerta de miedo. Su tienda se abrió y por la cremallera asomaba el rostro pálido de Fran.

—Ali, ¿estás bien? —preguntó.

A Alissa no le dio tiempo de responder, simplemente se abalanzó a sus brazos jadeando agitada, aspirando grandes bocanadas de aire.

—¿Qué sucede?, ¿te encuentras bien? —volvió a preguntar Francisco.

Luego de un momento, un poco recuperada Alissa respondió:

—Estoy bien, tuve un sueño horrible.

—Ya, ya, no pasa nada —respondía Francisco frotando la espalda de Alissa.

—Soñé con Mario y con Oneill. Fran, estaban vivos los dos, pero yo era una anciana, yo era una anciana —repetía Alissa mientras sus ojos se llenaban de lágrimas.

—Ya Ali, fue solo un sueño.

—Pero es que era tan real Fran y tenía tanto miedo.

—Si, lo entiendo, pero aquí estoy, no pasa nada. Llamaré a Enid para que te revise.

—¡¿Qué?!, no, no hace falta, no tienes por qué llamar a Enid, estoy bien.

—Mira Ali —dijo Fran apartándola un poco y metiendo medio cuerpo a su tienda para ponerse más cómodo—. En primer lugar, lo que te pasó no es normal, te desvaneciste por varias horas y puede ser algún síntoma serio.

Alissa se asomó por la entrada de su tienda y verificó que efectivamente ya estaba completamente oscuro.

—En segundo lugar —prosiguió Francisco—, Enid me dejó muy en claro que apenas despertaras la llamara. Solo quiere revisarte y verificar que todo esté bien.

—Pero es que no le veo sentido Fran, yo me siento completamente bien. Fue un simple desmayo por todo lo que hemos vivido en estos días.

—Puede ser que así sea, pero no deberíamos arriesgarnos, y, por otro lado; Enid es nuestra nueva líder, así que deberíamos empezar a cumplir con lo que nos ordena. Aunque es nuestra amiga, le debemos respeto.

—Bueno, en eso tienes razón. Está bien, pero, por favor no te apartes de mí ¿sí?

—No lo voy a hacer, te lo aseguro. Ya vengo.

Alissa se terminó de apartar de Fran y agitando una mano le cedió su permiso para ir por Enid. Pocos minutos pasaron para que Enid llegara al lugar seguida de Fran. Levantó el cierre de la tienda de Ali y entró lentamente con cuidado de no pasarle por encima. Francisco desde fuera de la tienda, pero con su cabezota adentro, no dejaba de prestar atención.

—Hola Ali, ¿cómo te sientes? —preguntó Enid con voz suave y delicada.

—Gracias por preguntar, Enid —contestó Ali—. Me siento bastante bien la verdad, no veo el por qué la necesidad de molestarte a estas horas cuando ya deberías de estar descansando.

—¡Oh!, no te preocupes mi niña, tenemos mucho trabajo por hacer con el desorden que han dejado estos últimos hombres "líderes" —agregó Enid simulando con sus manos unas comillas en el aire—. Aún estábamos viendo algunas cosas. Venir a verte es sin duda alguna un descanso al lado de todo el día de trabajo.

—Bueno, eso espero —contestó Ali un poco más serena por no estar molestando.

Enid tomó un estetoscopio que usaba llevar a todo lado y revisó a Alissa.

—Respira —ordenó Enid.

Alissa inhalaba y exhalaba el aire lo más fuerte que podía.

—Bien, te escucho bien —dijo Enid—. ¿Algo que te duela?

—No, me siento bastante bien.

Con un pequeño foco revisó sus ojos pasando el haz de luz de un lado al otro.

—Las pupilas se ven bien y no tienes dolor. La verdad es que te veo bastante bien. ¿Recuerdas algo de lo que pasó?

—No, no recuerdo nada —contestó Ali—, solamente todo se puso negro y después desperté aquí.

—Bueno, no veo que estés mal, de hecho, te veo bastante bien. Reposa y toma suficiente agua y verás que ya para mañana no habrá problemas.

—Vale, muchas gracias, Enid, en realidad me sentía bastante bien, pero Fran no deja de preocuparse, ya sabes como es.

Fran agachaba la cabeza un poco ruborizado por las palabras de Alissa.

—Lo sé Ali, pero en este mundo, tener alguien que se preocupe así por ti es muy valioso. Cuida a Fran tanto como él te cuida.

—Gracias, así lo haré. Este tontito es mi único amigo en este mundo de mierda.

Enid y Francisco esbozaron una gran sonrisa con las palabras de Ali. Luego de cruzar algunas palabras más, Enid se acercó a la salida.

—Cuídate Ali, mañana necesitamos realizar varias tareas pendientes.

—Ahí estaré, cuenta conmigo para lo que necesites —contestó Alissa agitando sus manos para despedirse.

—Cuídala mucho Fran y cualquier cosa me avisas.

—No te preocupes Enid, haré que descanse bien. Siempre y cuando no vuelva a tener pesadillas con Mario, amanecerá bien descansada.

—¿Con Mario? —preguntó Enid deteniéndose en seco antes de alejarse.

—¡Fran! —exclamó Alissa—. ¡Ya te dije que fue una tontería!

—¿Qué soñaste Ali? —preguntó Enid volviendo a acomodarse dentro de la tienda.

—No es nada Enid, enserio, me avergüenza que pienses que aún siento algo por ese idiota. Además, ¿qué caso tiene?, fue un simple sueño.

—Ya te lo dije Ali, estar contigo aquí es un descanso al lado de todo el trabajo que tenemos aún, déjame descansar un poco más y entretenme con ese sueño tuyo.

—Bueno vale, pero ni te voy a entretener por mucho tiempo, ni es muy interesante.

—No te preocupes, asumo el riesgo —contestó Enid con una sonrisa en su rostro.

Alissa se irguió un poco, se puso cómoda y prosiguió:

—Soñé que estaba en una habitación blanca, tendida sobre una especie de cama. Todo se veía blanco porque había mucha luz y mi vista no era muy buena. Alguien me agitaba fuertemente, era Mario, bueno en realidad no era él.

—¿A qué te refieres con que no era él? —preguntó Enid más interesada de lo que pretendía.

—Bueno, es difícil de explicar. Era Mario porque lo reconocí, pero se veía muy viejo, tenía barba y el cabello más largo, aparte de que estaba arrugado. Ambos estábamos arrugados.

—¿Ambos eran mayores entonces? —preguntó Enid.

—Sí los tres.

—¿Había alguien más?

—Te aseguro que es una tontería, pero también estaba Oneill postrado sobre una cama, con una máscara en su boca, todos éramos muy mayores.

—¡Ah vale!, te entiendo.

A los ojos de Alissa, Enid parecía más intrigada de lo que requería la historia de su sueño, era algo tonto y sin sentido, pero Enid estaba muy interesada en saber que más sucedía.

—¿Y qué más te dijo? —volvió a preguntar Enid luego de un momento.

—Nada más Enid, luego de eso al sentir mi piel tan arrugada me desperté del susto.

—¿Y no sucedió nada más?

—No, eso fue todo.

—¿A quién más viste?, ¿había una ventana o algo?, ¿escuchaste alguna voz?

El deseo de Enid por entretenerse un poco más para evitar sus labores, ahora parecía un interrogatorio, tanto que ni Ali, ni Fran lograban comprender, pero aun así seguían contestando lo más amable posible las preguntas de Enid.

—No, te lo aseguro, no pasó nada más, fue un tonto sueño sin sentido.

—¡Vale!, ¡vale! —dijo Enid quitando su pensativa mirada de Ali y agachando su rostro—. Bueno, me has entretenido lo suficiente.

Ahora el rostro de Enid era totalmente diferente, más relajado y risueña como era costumbre.

—Recuerda lo que te dije Ali, mucha agua y reposo, ¿vale?, y tú muchachote —prosiguió golpeando el regordete brazo de Fran—, cuídala bien por hoy. Tienes que estar atento a cualquier cosa. Mañana hablaremos más en calma. Que pasen una buena noche.

Enid salió sin tropiezo de la tienda de Alissa y se perdió en la oscuridad, mientras Fran entraba y se recostaba al lado de su amiga.

—¿Qué haces Fran?

—Ya lo dijo Enid, debo cuidarte bien y no pienso dejarte esta noche.

—¡Ay, Fran!, eres un amor de persona, ¿lo sabes? —dijo Alissa mientras tomaba a Fran de los cachetes y le propinaba un beso en la frente.

—¡Ay! ¡ya, ya! —contestó Francisco ruborizándose.

Si había alguien en quien confiaba Alissa y sabía que no se iba a aprovechar de ella, era de Francisco, aquel que solo velaba por proteger a sus seres queridos, aquel a quien se le había partido el corazón con la traición de Mario a pesar de que no tenían más que unos días de conocerse; pero aun así se mostraba fuerte, porque sabía que su amiga lo necesitaba. Por un momento, Alissa estuvo segura de que Francisco no se quedaba durante la noche para cuidarla, él necesitaba que Alissa lo cuidara, ese grandote, esa noche necesitaba sentir que tenía una amiga, que nunca lo iba a traicionar. Ella no sabía por qué, pero sentía la tristeza de su amigo en su corazón, aunque ese enorme hombre tratara de ocultarlo. Ali lo rodeó con sus brazos, besó su frente y lo abrazó lo más fuerte que pudo. Por un momento le pareció sentir que su amigo estaba llorando, pero no quiso incomodarlo con preguntas tontas, ella más que nadie entendía el dolor que podía estar sintiendo, simplemente lo siguió abrazando, hasta que los dos cayeron dormidos.

Al día siguiente la luz tenue del sol del amanecer, apenas iluminaba el frío paisaje del exterior. Alissa despertó primero mientras Francisco dormía hecho un puño mirando hacia el otro lado, pegando la espalda con Ali.

—¡Sssshhh! —chistaba Alissa al oído de Fran, metiendo un dedo en su oreja.

De un salto Francisco se volteó y con una gran sonrisa en su rostro, acompañado de un bostezo le dijo a Ali:

—¡Tonta, me asustaste!

—Buenos días grandote, ¿cómo pasaste la noche?

—Mal, vos roncas mucho —fue su respuesta.

Alissa abrió su boca tapándose inmediatamente con su mano derecha, en total indignación.

—¡Mentiroso! —le contestó dándole un golpe en su espalda.

Francisco por su parte reía a carcajadas al mirar la reacción de Alissa.

—Gracias, Fran —dijo Ali seriamente cortando de pronto la divertida escena.

La carcajada de Fran se apagó y se transformó en una sonrisa de satisfacción. Ali sabía que Fran era quien buscaba consuelo esa noche, aun así, le agradeció, ella también lo necesitaba y no era tan orgullosa como para no aceptarlo, fuera como fuera, con su inocente personalidad; Fran era un hombre y los hombres difícilmente aceptan que necesitan ayuda.

—Sabes que aquí voy a estar para ti —contestó Fran besando su frente—. Yo nunca te voy a traicionar.

Ese beso en la frente, más que un acto de cariño, fue la manera en la que Fran ocultó por un momento su rostro, mientras una lágrima brotaba de su ojo, interrumpiendo su trayecto con su mano rápidamente.

—Vamos Fran, busquemos algo rico para comer, estoy que me muero de hambre.

El día que tuvieron anteriormente, se les hizo muy difícil comer algo, no tuvieron ni el tiempo, ni las ganas y ahora el estómago de ambos estaba reclamando a oídos de cualquiera que estuviera cerca la falta de atención. De un salto se pusieron de pie y salieron de la tienda.

—Buenos días —se escuchaba entre las personas que se encontraban de camino a un comedor improvisado al aire libre, al otro lado de donde fue la masacre noches anteriores.

Fran y Ali estaban de buen humor. Estar juntos les daba alegría. Sentían el uno por el otro un amor de hermanos, de amigos; un amor puro en el que uno solo quiere velar por el bienestar del otro. Por fuera parecía que ambos olvidaban por momentos la traición y la muerte que presenciaron días anteriores.

El *bufette* de este nuevo refugio, no era tan despampanante ni surtido como el anterior que hubo durante el mandato de Farith, pero cumplía con el cometido. Había un aroma a té en el aire, mezclado con tortilla de patata y un olor a pan dulce. Ni Alissa, ni Fran, tenían idea de cómo se las ingeniaban para siempre tener qué comer, pero tampoco se lo preguntaban, solo lo disfrutaban.

Se sentaron en una mesa de madera con sillas plásticas. Alrededor tenían a cinco personas más, tres de la comunidad del aeropuerto y dos del Antiguo Retiro. Así les gustaba llamarlo, sentían que, con eso, lo dejaban en el pasado.

Disfrutaban tanto de su desayuno, como de la compañía. Al lado izquierdo de Alissa había una chica de unos veinticinco años, morena de cabello rizado. Esta se puso de pie sin que Alissa se percatara de que se retiraba y otra persona tomó su lugar.

—Fran, ¿no recuerdas si aún quedan más bolsas de dormir en ese almacén?

—No lo recuerdo Ali, Enid debe de saberlo. Ahora que ella es nuestra líder debe de tener claro de que disponemos.

—Te aseguro —prosiguió Alissa mientras masticaba un trozo de pan—, que otro día en esa tienda y me quedo sin espalda, necesito poner algo más debajo.

—Bueno, si quieres podemos ir a buscar al almacén.

—Te agradezco Fran, pero aún no me siento capaz de entrar en ese almacén. Me trae muy malos recuerdos.

—¡Ah! te entiendo —contestó Fran—. Mira, ahí está Enid, puedo ir a preguntarle si gustas.

Alissa volteó a mirar y sin afirmarle que lo hiciera, Fran se puso de pie inmediatamente y se dirigió a Enid, quien venía acercándose al comedor.

«Este Fran que es impetuoso, dejó su desayuno a la mitad», pensó Alissa.

—Será rápido, no creo que se le enfríe —contestó el hombre que ahora se encontraba sentado a la par de Alissa.

De un salto, Ali se hizo a un lado y volteó a mirar, sin percatarse que la chica se había retirado y en su lugar estaba aquel extraño hombre que el día anterior la miraba fijamente en la ceremonia de Oneill.

—Me presento señorita, mi nombre es Miguel, Miguel García.

El rostro de asombro de Alissa no pudo ser disimulado, aun así, el sujeto no le prestaba ninguna atención, seguía empeñado en comer su avena caliente, sin voltear a mirar en ninguna dirección, como si no le interesara o como si no le hiciera falta mirar más que su plato de comida. Alissa en su mente seguía preguntándose: «¿Miguel?, ¿acaso es este el Miguel del que tanto hablaba Mario?»

Capítulo VI: Un leve roce de piel

—Ali, dice Enid que sí hay algunos edredones que podemos utilizar para poner debajo de nuestras tiendas —dijo Fran dirigiéndole la palabra a Alissa sin que esta se percatara de que le estaban hablando.

Alissa miraba fijamente el rostro de Miguel mientras este comía de la manera más irrespetuosa que se puede imaginar, pero a él parecía no incomodarle en lo absoluto. Francisco se dio cuenta de que algo extraño sucedía y puso su mano sobre el hombro de Alissa.

—Ali, ¿estás bien? —preguntó.

—¿Qué? Ah sí, estoy bien, estoy bien —respondió ella titubeando.

—¿Y quién es él? —preguntó Francisco un poco a la defensiva creyendo que el anciano era el motivo de la incomodidad de su amiga.

—Veo que ya conocen a Miguel —interrumpió Enid dándoles a entender que conocía al viejo para bajar la tensión entre ellos.

Por su parte el anciano no se incomodaba ni se inmutaba en lo más mínimo. Él era totalmente indiferente a lo que sucedía fuera de su baboso y húmedo plato de avena. Enid prosiguió:

—¿Algo interesante que estuviesen conversando?

Alissa volteó a mirar a Enid a punto de informarle que no conversaban nada interesante cuando Miguel respondió:

—Diecisiete palabras y todas en una única dirección.

Alissa bruscamente lo volteó a mirar diciendo:

—¡¿Qué?!, ¡¿a qué te refieres con eso?!

Pero nuevamente para el anciano era como si nadie le hablara.

—Maleducado que eres, primero te metes en las conversaciones ajenas y luego no contestas cuando te hablan.

Enid trataba sin éxito de disimular la sonrisa de su rostro al ver ese primer encuentro de Alissa con Miguel.

—Vale, vale, déjalo así, Ali. Miguel suele ser un poco pensativo en sus cosas, pero es buena persona, ya pronto tendrás tiempo para conocerlo.

—Pues la verdad me tomaré bastante tiempo para empezar a conocerlo, Enid —agregó Alissa con una mueca en su rostro mirando la sucia barba empapada de avena de aquel asqueroso anciano a su lado.

Enid y Fran solo esbozaron una pequeña sonrisa y tomaron asiento ignorando a Miguel.

—¿Cómo te sientes hoy Ali? —preguntó Enid mientras metía y sacaba una bolsita de té de una jarra con agua hirviendo que un acompañante le sirvió.

—Mucho mejor Enid, gracias por preguntar, de verdad que no fue nada —contestó Alissa tranquila.

—¿Y cómo pasaste la noche?

—Bastante bien, tenía un *osote* de peluche que me protegió toda la noche, roncaba un poco, pero nada más —contestó Alissa con una gran sonrisa en su rostro mientras el de Fran cambiaba a un color rojo cereza en cuestión de segundos simulando ignorar la conversación.

—Me parece muy bien Fran, así me gusta, que cuides de tu amiga.

Francisco solo asintió con su rostro mientras bajaba la mirada y continuaba comiendo un gran trozo de pan.

Por un momento todo fue silencioso, pero no un silencio incómodo, más bien de tranquilidad, de comida matutina cotidiana como si nada de aquel caos madrileño de días anteriores hubiese sucedido, hasta que Enid interrumpió el ameno momento.

—¿Y no soñaste nada más Ali?

«¿Qué?, ¿y por qué esa pregunta tan extraña?», pensaba Alissa.

A su lado derecho sentía una mirada turbia en su aura. Volteó a mirar y tenía dos grandes ojos blancos con unos enormes puntos negros, demostrando una demencia casi palpable, mirándola. Era el rostro de Miguel, con su boca sucia y sin parpadear.

—¡¿Qué carajo te sucede cabrón?! —dijo Alissa casi de un salto ante la incomodidad.

—No es extraña, es solo una pregunta —contestó Miguel.

«Es la segunda vez», se decía Alissa en su cabeza. «Acaso este hijo de puta puede leer la mente, estoy segura de que no hablé en voz alta».

Alissa se tomó un momento esperando ver la reacción del tal Miguel, pero luego de haberlo llamado hijo de puta en su cabeza, este no reaccionó de ninguna manera.

«Debo tener cuidado», pensaba Alissa, tratando de no seguir pensando en nada más ante las dudas. A estas alturas ya había cosas que podía llegar a creer por más estúpidas que parecieran.

Después de quitarle la mirada al loco que tenía al lado, volteó a mirar a Enid incómoda y esta también la tenía clavada fijamente con sus ojos. Alissa sentía que estaba en un interrogatorio y se sentía incómoda. Aun así, no tenía nada que ocultar, así que solo contestó:

—Nada Enid, fue una noche muy tranquila y lo que soñé fue una tontería, nada que valiera la pena.

Enid se tomó un momento para contestar mientras la seguía mirando fijamente.

—Te creemos, Ali.

«¿Cómo que me creen?, ¿me creen quienes?», se preguntaba Alissa. «Acaso este imbécil…»

Alissa volteó bruscamente a mirar a Miguel, pero para su gran sorpresa, ya no se encontraba a su lado. Lo buscó con la mirada por todo alrededor, pero no estaba en ningún lugar.

—¡¿Adónde ha ido este cabrón?! —preguntó intrigada.

Enid no le tomó interés a su pregunta y continuó comiendo su pedazo de pan con té, bajando la mirada ya sin ningún interés en Alissa.

Francisco por su parte volteaba a todo lado tratando de encontrar a Miguel, a quien también perdió de vista de un momento a otro, por prestar atención al interrogatorio que le montaron a su amiga.

Minutos después de un silencio, esta vez incómodo y un desayuno tenso, Enid agregó:

—Me retiro. Con permiso.

Y se puso de pie sin más, perdiéndose entre la maleza de El Retiro.

—Eso fue extraño, ¿verdad Fran? —agregó Alissa al verse sola en la mesa con Francisco.

—Sí, eso no estuvo para nada normal. ¿Es idea mía? o ¿Enid está un poco extraña desde la muerte de Mario?

—Si, lo he notado también, la siento un poco pensativa, pero bueno, no es de extrañar puesto que en pocos días tuvo que tomar las riendas de este destrozado lugar y tratar de unir de nuevo los pedazos, y con unirlos me refiero a toda la gente que ha sufrido con nosotros.

—Tienes razón —contestó Fran tomándose un momento para sorber un último trago de su té—. Pero bueno, no sobre pensemos las cosas y pongámonos manos a la obra, que tenemos mucho por hacer.

Efectivamente el trabajo por hacer en El Retiro era exhaustivo, pero satisfactorio. Cada uno tenía sus tareas, ya fuera construyendo los refugios, que pasaron de ser tiendas a pequeñas casitas hechas con algunos troncos de madera de los mismos árboles de alrededor; reforzando los alrededores e iluminando aún más la cerca que rodea El Retiro, en labores de agricultura, cuido de niños y cocina. Los días se volvieron casi reflejos de ese mismo día del interrogatorio. Todo parecía ir de maravilla, si no fuera porque cada vez que Enid encontraba a Alissa a primera hora del día, siempre le hacía la misma pregunta.

—¿Cómo estuvo tu noche, Ali?, ¿soñaste algo más?

Pero la respuesta de Alissa siempre era la misma, seguida de una pregunta que Enid siempre ignoraba y evadía.

—No Enid, fue una noche tranquila. ¿Por qué tanto afán en mis sueños?

Así pasaron cuatro o cinco días más hasta aquella noche.

Alissa y Fran, como dos amigos inseparables que pasaban el día juntos y nunca se aburrían, estaban sentados alrededor de las rojas chispas de una fogata moribunda, en un campamento mucho más pequeño que el del principio, gracias a las casitas de madera que habían construido y en la que se alojaban la mayoría de las familias. Estas casitas estaban pensadas más que nada para las familias con niños, para que estuviesen mejor resguardados del frío nocturno de Madrid, así que algunos pocos solitarios, entre ellos Fran y Ali, seguían acampando entre aquel pequeño bosque que protegía las tiendas del sol diario.

Alissa con una pequeña vara de madera, movía las chispas de un lado a otro. La punta de la vara se encendía por segundos y se volvía a apagar, reflejando un leve destello rojo en los pensativos ojos de Alissa. Francisco, a pesar de que tenía unas pocas semanas de conocerla, ya había memorizado todos los rasgos de su rostro y sabía que específicamente, este día reflejaba tristeza.

—¿En qué piensas, Ali? —preguntó Fran acercándose a ella.

—En nada específico, solo extraño a la gente que conocía antes de venir.

—¿A tu familia?

—No lo sé, tengo un vago recuerdo de mi familia, creo recordar a mi madre y a mi padre, pero mis recuerdos son muy confusos, ¿no te parece extraño?

—Sabes Ali, hace un tiempo soñé con una señora. Era preciosa y la amaba mucho, sentía un amor muy puro por ella. En el sueño era mi madre, aunque no la recuerdo como mi madre, pero si en este momento lo pienso, siento más amor por ella que solo estuvo en un sueño, que por mi verdadera madre. Para mí también es extraño no recordar bien mi vida anterior.

—¿A qué crees que se deba? —preguntó Alissa mientras con la varita de madera seguía punzando la pequeña fogata de desechos troncos.

—Hemos pasado por mucho Ali, es normal que nuestra mente no esté bien. El solo hecho de vivir en este mundo en el que ya vemos como normal tanta muerte, es aceptar nuestra locura.

—Tienes razón, hemos pasado por mucho.

Otro largo silencio inundaba el pequeño bosque citadino, donde las olas eran la brisa nocturna que arrastraba una que otra hoja, evitando que descansara en el mismo lugar por más de unos minutos.

—¿Lo extrañas, Fran?

—¿Cómo dices, Ali? —preguntó Fran extrañado sin entender a qué se refería.

—Al maldito de Mario, ¿lo extrañas?

Francisco agachó su cabeza y Alissa, aunque no lo volteaba a ver por seguir escarbando ceniza cada vez más pálida, sentía la profunda tristeza que aún calaba en su amigo.

—Me da vergüenza hacerlo —contestó Francisco rasgando el silencio de las olas de brisa nocturna.

—No tienes que sentir vergüenza Fran, yo también lo extraño. Aunque no lo extraño como persona, extraño lo que vivimos antes de darnos cuenta de la mierda de ser humano que era. ¿Lo recuerdas? ¿Cuándo estuvimos sentados en el suelo, recostados a una pared de concreto en la Estación de Atocha, solo nosotros tres, luego de un café y un montadito de jamón, comiendo un trozo de chocolate y conversando? ¿Solo nosotros tres entre risas y anécdotas tontas?

—Lo recuerdo Ali, sin duda alguna. Recuerdo pasar toda la noche con mi brazo torcido sobre mi cabeza sin poder moverme, por culpa de aquel maldito mutado sin brazo en el jardín de Atocha.

Una leve sonrisa asomó en el rostro de Alissa. En el de Francisco, solo se reflejaba tristeza.

—¿Cuánto crees que lo soportemos? —preguntó Fran con su voz entrecortada.

Alissa estaba triste y lastimada, pero sabía que en ese momento su amigo la necesitaba. Lejos de darle más motivos para sentirse triste, contestó:

—Miles de años, Fran.

—¿Qué? —preguntó Francisco extrañado.

—Miles de años. Contigo a mi lado puedo vivir aquí por mil años más, grandote —contestó Alissa mientras se recostaba sobre el pecho de Fran.

Este solo se limitó a abrazarla, ahora con una cálida sonrisa en su rostro.

—Pues aquí voy a estar por mil años cuidándote, te lo prometo.

La noche seguía su curso y las estrellas no se detenían rodeando el cielo de lado a lado. Luego de un rato, ya con la fogata totalmente apagada y con el calor solamente de sus abrazos, Alissa prosiguió:

—¿Sabes algo? Entiendo lo que sientes con la madre de tus sueños, a mí me ha pasado lo mismo estos días.

—¿De verdad?

—Yo también he soñado con una persona y siento que tengo mucho amor por él, es extraño, porque ni siquiera por Mario llegué a sentir lo que siento por esa persona de mis sueños.

—Es extraño, ¿no?, amar a alguien que no conoces —prosiguió Francisco.

—Solo hay un detalle Fran, a esta persona si la conozco.

—¿Qué?, ¿de verdad lo conoces?

—O bueno, más bien lo conocí.

—¿De quién estamos hablando?   preguntó Fran intrigado levantando un poco su cabeza sin incomodar a Alissa que seguía recostada en su torso.

—Es Oneill, he soñado mucho con Oneill.

—¡Oh!, ¿de verdad?, no lo hubiese imaginado.

—Yo tampoco, pero luego de aquel sueño que tuve donde los vi a los dos, a Oneill y a Mario, he tenido más sueños. Todos los días, constantemente paso soñando con Oneill.

—¿Y qué sueñas?

—Son sueños absurdos, siempre son mundos caóticos como este, en los que algún desastre natural nos azota, algún monstruo nos persigue, nos vemos invadidos y debemos permanecer unidos para vivir; siempre los mismos que hemos estado viviendo en esta comunidad desde el inicio, tú, Oneill, Mario, Enid, incluso Farith y su maldita zorra; siempre somos los mismos pero en distintos roles, a veces algunos son jefes, otras veces son ayudantes, algunas veces militares, otras civiles, pero siempre sucede lo mismo Fran.

Alissa hizo una pequeña pausa para acurrucarse más en Fran y prosiguió:

—En todos esos escenarios siempre está Oneill, cuidándome, dando la vida por mí, besándome suavemente, tomándome de la mano y no dejándome caer. Siempre que sueño con esos mundos suelo tener mucho miedo, pero al tenerlo a mi lado, me regocijo con su compañía, me siento no solo protegida, sino amada. Siento que nunca nadie me ha amado más que él y siento que nunca he amado tanto a alguien.

—¿Y qué crees que significan tus sueños?

—No creo que signifiquen nada. La muerte de Oneill en mis brazos, caló muy profundo y mi cerebro debe de estar queriendo recordarlo de otra manera.

—Puede que sea cierto y puede que solo sea algún tipo de trauma. Pero si sientes el mismo amor que siento yo por aquella madre que nunca conocí, entonces vale la pena ponerle atención. Porque mi corazón se llena de alegría cada vez que pienso en ella y me niego a pensar que lo que siento es mi mente queriendo desviar mi atención de algo. ¿Te doy un consejo, Ali?

Alissa sin voltear a mirarlo solo asintió con su cabeza sobre el pecho de Fran.

—Si vuelves a soñar con él, disfrútalo. A mí me encantaría volver a soñar con esa hermosa madre una vez más.

Alissa solo extendió los brazos y estrechó hasta donde pudo el gran cuerpo de Fran, acariciando su espalda de arriba a abajo con la palma de su mano, pero negándose a mirarlo a la cara. Alissa estaba segura de que si lo volteaba a ver Fran estaría llorando, y no habría quien detuviera a ese par de Magdalenas en toda la noche.

Así pasó un rato más, en un silencio absoluto, contemplando sólo el cariño y la desolación que sentían el uno por el otro.

—¿Por qué no has dicho nada, Ali?

—¿Qué?, ¿a qué te refieres?

—Enid ha sido muy insistente en saber que has estado soñando, ¿por qué no le has contado?

—Tienes razón en algo, en que ha sido muy insistente, pero eso no le da derecho a saber mis intimidades. A vos te cuento porque eres mi amigo, pero Enid no tiene ningún derecho en saber si siento o no amor por alguien, o en que mierda sueño.

—Pues sí, entiendo —afirmó Fran—, pero ¿no crees que su insistencia tal vez tenga algún fin?

—Pues si es así, que empiece contando porque tanta majadería en saber sobre mis sueños. Ella quiere saber cosas muy personales, pero no quiere contarnos las suyas.

—Eso es cierto, sin duda alguna.

La conversación fue interrumpida por un enorme bostezo de hipopótamo de Francisco, seguido por uno de Alissa.

—Vale, es hora de buscar cama, que mañana tenemos mucho campo que preparar, Fran.

—Sí, ya es hora de descansar.

Ya con la fogata totalmente apagada y rodeados solo por una oscuridad destruida por una tenue luz de luna, los dos se prepararon para entrar cada uno a su debida tienda de campaña y disfrutar de un merecido descanso. Alissa estaba sentada sobre la compuerta de la tienda, mientras Fran ya estaba listo para entrar.

—Buenas noches, Ali, espero que disfrutes de tu cita de hoy.

—Te tomaré la palabra y si sueño con él, le daré un fuerte abrazo.

Francisco solo sonrió y se metió a su tienda. Alissa seguidamente, se tumbó de espaldas y se acomodó en la suya. Se abalanzó dos grandes cobijas encima y rápidamente cayó dormida.

Apenas su mente se detuvo y los brazos de Morfeo cayeron sobre ella, sus ojos se abrieron de un golpe, un poco agitada pero serena. No comprendía muy bien lo que veía, la luz era muy tenue, pero estaba en una habitación blanca. Sobre su boca tenía una especie de máscara que lentamente se quitó de encima. Miraba hacia un lado y hacia el otro. Todo era borroso y le costaba ver más allá de unos metros, pero veía muy bien a su lado una especie de colmena de metal, con cables de distintos colores que iban en todas direcciones. Su piel se sentía muy suave y el frío le calaba hasta los huesos. Se encontraba completamente desnuda y muy lentamente, más de lo que pretendía levantó sus brazos. Se miró la piel y lo recordó muy bien, era aquel sueño en el que era una anciana, donde Mario la agitaba de arriba a abajo tratando de despertarla, pero esta vez no había ningún Mario por ningún lado y la sala estaba bastante más oscura que esa vez. Todo se sentía muy real para Alissa, si no fuera por el hecho de que parecía una señora del doble de su edad, se lo creería.

Lentamente con la paciencia de un anciano, se irguió sobre sí y miró a su alrededor. Había unas extrañas figuras en formas de caracol a las que le rebotaba el más mínimo rayo de luz. A como pudo y dando un pequeño salto para bajarse de lo que parecía ser una cama, se puso de pie, pero sus piernas no le respondieron bien, las sentía muy pesadas y rápidamente cayó de rodillas.

Tratando de hacer un esfuerzo sobrehumano se acercó a uno de los caracoles que tenía a su lado, no por azar, sino porque claramente recordaba que ahí dentro había visto a Oneill en aquel sueño anterior y quería comprobarlo.

Se arrastró hasta el pie de la cama con forma de caracol y levantó su mano. Mientras más se acercaba y se lastimaba con el frío suelo, más pensaba en lo vívido que era todo, nunca se había sentido tan real, ni siquiera en Madrid donde sabía que su cuerpo estaba tendido descansando.

Levantó la mano y tocó el vidrio opaco que formaba el caracol y al tacto este inmediatamente se abrió dejándolo a la mitad. Ali intentó apoyarse en la cama para sujetarse y ponerse de pie. Con el rose de sus dedos lo sintió, por un momento se sobresaltó, pero también se ilusionó. Era piel lo que estaba tocando, aunque desde su posición a ras del suelo no lo veía, ahí había un cuerpo, una persona y una piel tan real, como fría y arrugada. Con todas sus fuerzas se iba levantando más y más hasta que sus ojos pasaron el borde de la cama y lo logró ver. Un cuerpo de piel morena, un anciano de unos sesenta años, arrugado y con su cabello rizado y larga barba blanca; era él, sin duda alguna, era Oneill.

La alegría de Alissa era incontenible, al punto de que lágrimas salían de sus ojos y brotaban de ella, como llora el musgo de la roca. Ya totalmente de pie admirando aquel cuerpo tendido que con dificultad respiraba, se acercó muy lentamente a su rostro, admirando cada pequeño detalle y arruga que lograba encontrar en su rostro, como toda una quinceañera embelesada.

Dejó de prestar atención a su cara y se acercó a su oído susurrando:

—Oneill.

El cuerpo de Oneill reaccionó de un salto abriendo los ojos que miraban fijamente el blanquecino techo, tomando fuertemente con su mano, la mano de Alissa en la que esta estaba apoyada. Alissa no pudo hacer más que contener un grito de terror y poner una mano sobre la frente de Oneill para calmarlo.

—¡Oneill, Oneill soy yo, Alissa!, ¡soy Alissa, calma, calma!

Al escuchar las palabras susurrantes de Alissa, Oneill la miró fijamente a los ojos. Oneill tenía aún la máscara en su boca que tapaba también su nariz, pero Alissa no tenía la capacidad de quitársela sin su ayuda y sin alterarlo más, así que optó por dejársela por un rato.

—Oneill mírame, es solo un sueño, es nada más un sueño.

—Ali —logró entender Alissa entre las palabras que apenas salían de la carrasposa voz de Oneill.

—Sí, aquí estoy Oneill, es solo un sueño, no te preocupes.

Pero Oneill con cara de terror, lejos de tranquilizarse movía su cabeza de un lado a otro, diciéndole que no.

Alissa recordando las palabras de Francisco y con su corazón a punto de salir de la alegría de ver de nuevo a aquella persona que ahora robaba sus pensamientos, quiso acercarse para darle un fuerte abrazo, pero lejos de un cariñoso abrazo, Oneill la tomó de la parte posterior de su cuello y la arrastró lo más fuerte que pudo hacia él de manera grotesca.

—¡Espera Oneill, suéltame!, ¿qué te sucede?, ¡suéltame!

Pero de la voz de Oneill solo salía la palabra.

—¡Sol, sol!

—¡¿Qué?!, ¡¿a qué te refieres Oneill?! ¡Suéltame!

—Sol, busca sol —era lo que Oneill lograba balbucear o lo que Alissa lograba entender.

En un principio Alissa sintió que Oneill la estaba jalando fuertemente del cuello y le imposibilitaba respirar. Con todas sus fuerzas a como pudo logró quitarse de los brazos de Oneill, quien apenas la soltó cerró sus ojos nuevamente hasta quedar inconsciente. Alissa por su parte no dejaba de sentir que no podía respirar. Empezó a recorrer la habitación sin prestarle atención a las demás camas del lugar. La fría y lúgubre cámara se volvió pequeña entre las vueltas que le daba buscando alguna ventana para que entrara el aire, pero más que unos vidrios opacos, no pudo encontrar nada que le devolviera la respiración. Alissa no podía hablar, intentaba aspirar un aire inexistente y cayó al suelo, golpeando su rostro con el piso, intentando gritar, intentando que un solo suspiro le devolviera el aliento, pero fue innecesario hasta que todo quedó en oscuridad.

Alissa abrió los ojos de golpe y lo primero que vio fue el rostro de Francisco y su enorme mano que le azotaba la cara, mientras ella aún sin aire intentaba respirar jadeando agitadamente tratando de tomar todo el aire que pudiera entrar a sus pulmones. Alissa no comprendía bien, primero, ¿porque Francisco le golpeaba la cara?, y después, lo rápido que había amanecido. Se notaba que fuera de la tienda ya era de día, pero «¿y qué carajos está haciendo Francisco en mi tienda?» pensaba, mientras con un último gran jadeo comenzó a toser y a toser encorvándose y dejando los brazos de Fran. Este se echó hacia atrás aliviado al ver que su amiga volvía a tomar color, mientras Alissa aún se recuperaba por su falta de aire.

—¡¿Qué pasó, Fran?! —dijo aún tosiendo mientras se llevaba su puño a la boca.

—No lo sé Ali, dímelo tú. Me despertó escucharte jadeando, no podías respirar y me metí a tu tienda. Estabas pálida así que intenté reanimarte golpeando tu cara, pero nada funcionaba. Me has asustado, de verdad que me has asustado —dijo Fran llevándose su mano a su pecho, mientras también intentaba tomar color.

—Ah mierda, de verdad que me siento mal, necesito un poco de aire —contestó Alissa apartando a Fran de la entrada y asomando su rostro a la abertura de salida.

A Alissa no le dio tiempo ni de tomar la primera bocanada de aire del exterior, cuando una peluda mano la tomó del cuello desde fuera de su tienda, arrastrándola grotescamente.

—Ali, ¡no! —gritó Francisco mientras se lanzó hacia afuera tratando de agarrar a Alissa de sus pies sin lograrlo.

Apenas pudo salir, lo primero que Fran sintió fue el frío cañón de un arma en su frente apuntándole, mientras Alissa seguía siendo arrastrada unos metros lejos de él. Estaban rodeados por los hombres de Enid y uno de los oficiales tenía a Alissa sujeta del cuello.

—¡Alto, alto! ¡Un momento, así no, así no! —gritaba Enid acercándose al centro del disturbio.

Los hombres de Enid voltearon a mirar, momento que aprovechó Francisco para tomar el brazo del hombre que le apuntaba con el arma, lo tomó con su otra mano de un pie y lo levantó con una fuerza sobrehumana por encima de su cabeza. Sin pensarlo dos veces lo lanzó fuertemente sobre los demás hombres que venían hacia él y con un movimiento de gacela le lanzó un fuerte puñetazo a quien sostenía a Alissa en la cara, no sin antes tomar a su amiga del brazo y la atrajo hacia él.

El tipo cayó a unos tres metros de distancia, con cuatro dientes menos y su boca brotando sangre. Francisco tomó a Alissa, la abrazó fuertemente y la custodiaba rodeada por los hombres de Enid que rápidamente se reincorporaron y los apuntaron con sus armas.

—¡Alto, alto todos! ¡Así no cabrones, deténganse inmediatamente! —ordenaba Enid gritando con todas sus fuerzas—. Lo lamento Ali, lo lamento —se dirigió ahora a Alissa mientras ella se tapaba su rostro llorando de pavor detrás de Francisco.

Enid hizo una seña a Miguel, quien estaba de pie lejos del tumulto y este ordenó a los demás presentes que se alejaran, quedando en el lugar solamente Enid, Francisco, Miguel y Alissa. Esta última que aún seguía sollozando, abrazada por Fran.

—Lo siento Fran, de verdad, esto no tuvo que ser así, te prometo que no le haré daño.

Enid estaba asombrada de ver la cara de furia que desprendía el rostro de Francisco. Se habían metido con su amiga, con su única amiga y eso no lo iba a permitir. Enid comprendía la hermandad que estos dos habían formado, así que les dio su espacio.

—Nos vamos a alejar unos metros para que os sintáis seguros, os prometo que nadie os hará daño.

Y así lo hicieron. Enid y Miguel se alejaron un poco para darle espacio a Fran y Ali, quienes ya sintiéndose solos aliviaron un poco la tensión.

—¿Estás bien? —preguntó Francisco susurrando a su amiga.

Alissa levantó la mirada sin despegarse de Fran y movió su cabeza afirmando sentirse mejor.

Dejó de abrazarla y Alissa se separó un poco, para hablar más de frente a él.

—¿Qué carajos les sucede a estos hijos de puta?

—No tengo la más mínima idea, pero te prometo que nadie te hará daño, no sin antes pasar sobre mí.

—Gracias, gracias por ayudarme, estaba muerta de miedo cuando ese hijo de puta me tenía entre sus brazos —contestó Alissa apoyando su mano en el pecho de Fran en agradecimiento.

—¡Qué clase de despertar hemos tenido! —agregó Fran.

Alissa se volteó de golpe, ahora con su rostro lleno de furia, siendo ella quien ahora protegía a su amigo.

—¡¿Qué mierda te sucede, Enid?!, ¡¿qué quieres de mí, cabrona?! —gritó Alissa a los cuatro vientos.

Enid dio unos pasos adelante levantando su mano para indicarle a Miguel que mantuviera la distancia. Se acercó a unos dos metros de Alissa y Francisco, los miró a los ojos y les dijo:

—Necesito que me lo cuentes Ali… necesito que me cuentes sobre tu sueño.

Capítulo VII: A pasos de fantasma

Alissa estaba sorprendida que todo ese alboroto fuera causado por un simple sueño, por esa obsesión de Enid con los sueños, «¿por qué le interesaba tanto a ella su vida privada?», pensaba Alissa indignada creyendo que a Enid le había sucedido lo mismo que a Farith y a Mario, se le había subido el poder a su cabeza.

—¡¿Es enserio Enid?!, ¡¿toda esta puta mierda por un sueño?! —exclamó Alissa molesta apartándose de Francisco—. ¡No te entiendo un carajo!

—Mira Ali, necesito que confíes en mí. Sé que es difícil y no entiendes nada, pero poco a poco lo irás entendiendo.

—¡¿Entender que Enid?!, ¡explícamelo de una puta vez!

Enid se puso a pensar un momento mientras contemplaba la rabia de Alissa, tanto era su enojo que lloraba de pura frustración.

Bajó su mirada por un momento pensando en la situación que le rodeaba. Levantó su mano y con dos dedos al aire hizo un gesto a Miguel, quien inmediatamente dio media vuelta y se retiró del lugar.

Ya un poco más calmada, aún sollozando y con furia en su mirada, sin quitar la vista de los ojos de Enid, Alissa preguntó:

—¿Ahora sí me lo vas a contar?, ¿a qué se debe toda esta mierda?

Enid con su mano derecha tomó el rostro de Alissa con cariño. Enid reflejaba una mirada de compasión sobre ella y seguidamente agregó:

—Siento mucho por lo que vas a pasar mi niña, pero creo mucho en ti.

Alissa claramente extrañada no apartaba los ojos de Enid tratando de leer en su expresión el significado de esas palabras, pero tampoco comprendía a qué se refería, «¿qué mierda es por lo que voy a pasar?», pensaba intrigada.

—Vamos a hacer un trato Ali, ¿te parece? —continuó Enid soltando el rostro de Alissa y tomando asiento en un tronco de madera seco que utilizaban para sentarse alrededor de la fogata.

Alissa y Fran tomaron asiento del otro lado del circular polvo de ceniza, donde el día anterior ardía una gran llama que fue testigo de sus lágrimas y desconsuelo.

—¿A qué te refieres con un trato Enid? —preguntó Alissa deseosa de apaciguar sus dudas, mientras Francisco miraba pensativo y preocupado.

—Me contarás con lujo de detalles tu sueño y yo te contaré la verdad de mi interés en él. No solo te contaré la verdad, te la mostraré.

«¡¿Qué?!, ¡¿me la mostrará?!», pensaba Alissa cada vez con más preguntas que respuestas.

Volteó a mirar a Francisco como pidiendo consejo, pero este a su vez le devolvía una mirada de preocupación e intriga. Ninguno de los dos sabía qué contestar, ni sabían qué decisión sería la más acertada, pero como recordaba Alissa en un viejo refrán: *la curiosidad siempre anda en busca de novedades*. Así que, sin mucho aspaviento, asintió con su cabeza.

—Bueno vale, ¿qué fue lo que soñaste entonces? —preguntó Enid acomodando su trasero en el tronco de madera.

—Pues la verdad Enid, es un poco tonto y vago mi sueño, no le veo ningún sentido a contártelo, así que no esperes una gran historia —contestó Alissa un poco más calmada por obtener respuestas, pero aún a la defensiva.

—Deja que yo juzgue eso Ali, al final la interesada soy yo. Anda, dale, ¿cuál fue tu sueño?

—Bueno mira —prosiguió Ali quitándose esas lágrimas de su rostro con sus manos—, soñé que despertaba en un cuarto, con unas extrañas camas en forma de caracol.

—¿De qué color era el cuarto? —preguntó Enid interrumpiendo bruscamente apenas al haber empezado la descripción.

—¡Eeehh!, pues que no recuerdo muy bien Enid, estaba un poco oscuro, pero podría jurar que era de color blanco.

—Ok, prosigue.

Alissa prosiguió su historia con una sonrisa burlona en su rostro:

—Te parecerá tonto Enid y me da bastante risa, pero yo era una anciana.

—¿Qué edad tenías, Ali? —volvió a preguntar Enid sin un ápice de gracia en su rostro, tomando la situación totalmente en serio.

—¡Eeehhh!, pues que no tengo idea Enid, tendría unos cincuenta o sesenta años. Lo único que sé es que estaba arrugada y vieja.

—¡Mmm! Lo entiendo Ali, prosigue.

—Me costó mucho levantarme de la cama, me quité una máscara de mierda que tenía pegada al rostro y caí al suelo. Me arrastré hacia una de las camas y a como pude me levanté y ahí estaba, también viejo y arrugado; pero era él, estoy segura de que era Oneill.

Los ojos de Alissa se iluminaban cada vez que hablaba de Oneill. Ella no sabía si era a razón de sus sueños, o qué sucedía; pero sentía mucho amor por él. Sentía que lo había tenido toda su vida a su lado y que nunca la había defraudado, incluso hasta el último minuto de sus días, Oneill estuvo ahí para protegerla de la mentira y traición de Mario. Los rojos ojos de Alissa comenzaron a ponerse aguados nuevamente.

Francisco puso su gran mano en la espalda de su amiga. Alissa le correspondió con una mirada de agradecimiento, tragó grueso y prosiguió:

—Luego de hablarle al oído, Oneill despertó asustado. Le costaba respirar y fue cuando comencé a sentir que me faltaba el aire, ahora era yo quien no podía respirar, caí al suelo y cuando desperté estaba en los brazos de Fran. Eso es todo.

—¿Eso es todo, Ali?, ¿estás segura?

—Eso es todo Enid, te lo dije, es una tontería.

—¿No había nadie más alrededor tuyo?, ¿algún hombre o mujer?

—Había más camas de esas con forma extraña, pero no presté atención en quién más estaba ahí.

—De pie a tu alrededor, ¿no había nadie más? —volvía a preguntar Enid con insistencia.

—No Enid, te lo aseguro, lo que te conté es lo que vi.

—No debes dejarme ningún detalle, si hay algo más, dímelo. Alguna voz extraña, alguna figura en la pared, ¿lograste divisar algo por la ventana?

Alissa se puso de pie, pasó por encima de la extinta fogata levantando una gran nube de ceniza como una manada de búfalos corriendo por la sabana africana. Tomó a Enid con ambas manos arrastrando su rostro al suyo lleno de rabia. A Enid solo le dio tiempo de hacer su cuerpo hacia atrás y quedando a unos centímetros miradas con miradas, una de una gacela furiosa y otra de una cervatilla asustada; la gacela sin titubear preguntó susurrando:

—¿Cómo hostias sabes que había ventanas?

Enid por primera vez en toda la mañana esbozó una pequeña sonrisa en su rostro. Su mirada de miedo cambió totalmente por una dc orgullo.

—Sin duda alguna Ali, tú nos vas a ayudar.

—¡¿A ayudar?!, ¡ya estoy hasta la mierda de tus gilipolleces, Enid! —contestó Alissa levantando fuertemente la voz.

—Te dije que te iba a mostrar a qué se debía todo esto y así lo haré. Cumpliste con tu parte del trato, es hora de cumplir con la mía.

Alissa aún estaba furiosa, pero al fin la información provendría del otro lado. Ahora les tocaba a ellos explicarse.

—Vamos, os mostraré.

Alissa lentamente la soltó, se echó hacía atrás y Enid tomó impulso para ponerse de pie.

—Vamos, sigan a Miguel —dijo Enid levantando su mano y señalando al lado atrás de Francisco.

Ambos voltearon a mirar y Francisco dio un gran salto al ver que, a pocos centímetros de él, estaba de pie Miguel, sereno, mirando fijamente a Enid.

—No os preocupéis —agregó Enid—, confío en Miguel tanto como confiáis en vosotros. Vamos, seguidlo.

Enid tomó la delantera al lado de Miguel, quien dio media vuelta y comenzó a caminar por entre los árboles, seguidos a unos metros de Alissa y Francisco. Alissa no despegaba los ojos de los pies de Miguel y Francisco un poco más asustado y cauteloso, solo seguía el paso a la distancia. Al cabo de unos minutos Francisco se percató de la mirada ceñida de Alissa.

—¿Qué tanto miras? —preguntó Fran susurrando suavemente acercando su rostro al de Alissa.

—Fran, no tengo ni puta idea de cómo lo hace, pero este cabrón no se escucha caminando.

—¡¿Qué?! —exclamó con asombro.

Francisco prestó atención y ahora eran dos los ceñidos en los pies de Miguel. Ambos trataban de seguir sus pasos y sincronizar el sonido de las hojas secas y ramas del pequeño bosque que atravesaban, con sus pisadas; pero no había sonido alguno y las hojas no se aplastaban por sus pasos. Era como si flotara por encima de ellas.

—Tienes razón, Ali —contestó Fran con cara de asombro— no logro escuchar sus pasos. ¿Hacia dónde crees que nos lleven?

—No tengo ni puta idea, pero no nos podemos separar, ¿me oyes?, ni un puto centímetro me voy a separar de ti.

—Tranquila, que yo tampoco lo permitiré.

—Si no me estuviera matando la curiosidad, te aseguro que los mando a tomar por culo a estos dos cabrones —concluyó Alissa.

Luego de varios minutos de caminata en silencio y mostrando especial interés en los pasos fantasma de Miguel, se abrieron paso entre los trillos y jardines, para llegar a un gran campo abierto, adornado por montones de tierra con cruces que sobresalían del verde césped. Era el cementerio improvisado de la nueva comunidad de El Retiro.

Con especial sentimiento Alissa miraba de arriba a abajo los más de 200 puños de tierra, con todas las víctimas causadas por Mario aquel fatídico día. A pesar de que muchos fueron quemados, a la gran mayoría, se decidió darle santa sepultura.

Ali no podía evitar imaginar a todas aquellas víctimas de la avaricia, la arrogancia, la lujuria de uno solo y más tristeza le daba saber que aquellos huecos tuvieron que llenarlos muchas veces con cuerpos incompletos o incluso revueltos, sin saber siquiera a quien estaban enterrando. Pero Alissa no esbozó un sentimiento de tristeza, ni ninguna lágrima brotó de su rostro, ya había llorado lo suficiente por todos aquellos caídos.

Miguel y Enid se dirigían sin decirse palabra alguna, a un puño de tierra en específico.

—¡Mierda, esto no puede ser! —dijo Alissa a Francisco.

—¿Qué pasa Ali?

Alissa no contestó la pregunta de Fran, pero estaba segura. Era mucha coincidencia que estuviesen hablando de su sueño sobre Oneill y ahora se dirigieran a su tumba, «¿qué carajos pretendía Enid?», pensaba mientras por su mente pasaban todos los escenarios posibles. «¿Será que quiere que llore sobre su tumba para olvidarlo?, o ¿es esto una estúpida terapia de superación donde debo darme cuenta de que en realidad está muerto y hay una tumba con su nombre para así dejar de soñar con él?». Nada de esto le hacía falta a Ali, ella solo pensaba en que la imbécil de Enid fue la que tuvo la necesidad de que le contara su sueño, ella era quien no había superado todas estas muertes. Alissa se iba poniendo cada vez más colorada de furia mientras más se iban acercando a la tumba de Oneill.

Ya de frente al puño de tierra con una placa de madera con el nombre Oneill Keith, en letras negras mal pintadas, Enid agregó:

—¿Sabes quién está aquí Ali?

—¡Tu puta madre Enid!, ¡no puedo creer que todo esto sea por una maldita terapia! ¡¿De verdad vale tanto la pena?!

Enid no contestó la pregunta de Alissa y solo dejó escapar una pequeña sonrisa en su rostro. Dio media vuelta y se dirigió a unos tres entierros a la derecha donde encontró dos palas puestas sobre una cruz. Se devolvió con una pala en cada mano y sin acercarse a Fran, le lanzó una de frente, teniendo este apenas tiempo de tomarla en el aire.

Enid se acercó al puño de tierra de Oneill y dio el primer palazo.

—Ven Fran, ayúdame —agregó Enid.

Francisco miró a Alissa horrorizado por lo que le pedían que hiciera. El rostro de esta comenzó a tomar un color rojizo intenso y sus mejillas empezaron a hincharse de rabia.

—¡¿Pero qué puta mierda estás haciendo Enid?!, ¡déjalo descansar en paz! —gritó Alissa acercándose a Enid tomándola con su mano del brazo para detenerla.

Enid solo la miró sin alguna emoción o culpa en su rostro y enterró por segunda vez su pala en el puño de tierra, quitando de un empujón la mano de Alissa.

—Hicimos un trato —agregó Enid sin detenerse en sacar puños de tierra de la tumba de Oneill, ni voltear a mirarla—. Tú me contabas tu sueño y yo te mostraba, ¿cierto?

—Pero qué mierda me vas a enseñar Enid, por favor, déjalo en paz —dijo Alissa desplomándose en el suelo frente a la tumba de Oneill, llorando al ver que al amor de sus sueños no lo dejaban ni siquiera morir en paz.

Francisco estaba destrozado al ver a su amiga sufriendo, pero también estaba en *shock*. No sabía qué hacer, no quería más violencia, no quería tomar esa pala y reventársela a Enid en la cabeza, a pesar de que lo quería hacer con tal de detener el sufrimiento de su amiga. Aún con sus deseos de explotar, Francisco siempre fue muy sensato, así que se contuvo.

Miguel solo observaba de pie y en silencio, a un lado de los puños de tierra que iba sacando Enid. Alissa seguía tendida susurrando con su cara en el césped:

—¡Déjalo, Enid, por favor, déjalo!

Los palazos de Enid se detuvieron luego de un momento.

—¿Ali? —dijo Francisco con su voz quebrada.

—¡No Fran, no!, ¡no puedo verlo!, ¡no así!

—Ali, mira —continuaba diciendo Francisco.

Pero Alissa lo ignoraba, no tenía la fuerza suficiente ni las agallas de volver a ver a Oneill y menos en el estado en que creía estaría después de varios días, putrefacto, sucio, con su rostro carcomido; imaginaba una escena horrible. Prefería quedarse con el recuerdo de cómo fue en vida y en sus sueños, a perturbar esa visión con una imagen que le helaría la sangre.

—No está, Ali —dijo Francisco, balbuceando con sus palabras entrecortadas.

Alissa dejó de sollozar tratando de entender que le quiso decir Fran con esas palabras. Tomó fuerzas y levantó la mirada desde donde estaba de cuclillas en el césped. Miró el pálido rostro de Fran, con sus ojos perdidos en el agujero ya desenterrado, apretando fuertemente el puño de madera de la pala que tenía entre sus manos, casi hasta estrujarla con sus grandes y fuertes dedos.

—¿Qué dijiste Fran? —preguntó Alissa extrañada.

Pero no recibió respuesta de Francisco, él seguía perplejo mirando el agujero que tenía en frente. Alissa una vez más confió en Francisco, aunque tenía una cara de terror. Ella sabía que su amigo no le pediría que mirase dentro del agujero si no pudiera soportarlo. «¿O es que acaso está intacto?», se preguntaba Alissa imaginando un milagro. Tomó fuerzas e irguió su cuerpo, dejando sus rodillas en el césped donde claramente veía el fondo del agujero, pero lo que vio no podía creerlo. Efectivamente estaba vacío.

Alissa tomó un tiempo repasando por su mente todas las posibles teorías del porqué la tumba de Oneill estaba vacía. Después de pensar un poco y analizar los posibles escenarios, Alissa arrancó en ira abalanzándose sobre Enid quien permanecía expectante ante la reacción que tendría. Las dos cayeron al suelo,

Alissa con el puño levantado sobre el cuerpo de Enid, a punto de dejarlo caer sobre su rostro.

—¡¿Qué mierda hiciste con su cuerpo Enid?!, ¡¿dónde coño lo pusiste?!, ¡dímelo maldita gilipollas, ¡¿qué hiciste?!

Pero la reacción de Enid era aún más turbia. No se inmutaba ni movía un solo músculo, no se defendía, no reía, ni estaba asustada ante la furia de Alissa.

—Quítate de encima, voy por un té —fue la respuesta de Enid ante la explosiva reacción de Alissa.

—¡¿Qué?!, ¡¿es enserio hija de puta?!, ¡contéstame de una vez por todas, ¿qué carajo hiciste con Oneill?!, ¡no te dejaré en paz hasta que me contestes!

Alissa con su rostro empapado en lágrimas lanzó un fuerte golpe al lado de la cabeza de Enid, provocando un fuerte retumbo sobre el suelo. Había explotado, pero en su mente estaba harta de violencia y aunque quería partirle el rostro por ultrajar el cuerpo de a quien sin sentido alguno ahora amaba; se contuvo, dejándose caer al lado de ella, llorando desconsoladamente.

—¿Por qué Enid?, ¿por qué haces esto?, ¿por qué todos los que toman tu maldito puesto se empeñan en hacernos sufrir? —decía Alissa tapándose su rostro lleno de lágrimas con sus manos, mientras Francisco seguía inmóvil mirando con dolor el sufrimiento de su querida amiga.

—Alissa, si algo te puedo asegurar —agregó Enid serena, tumbada en el suelo admirando las grises nubes que esa mañana abrigaban Madrid—, es que no soy como ninguno de esos hijos de puta de Mario o Farith, o ningún otro que antes haya tratado de liderar esta comunidad. Escoge cualquiera, yo por mi parte, voy a tomar un té y cuando te sientas tranquila, ven por respuestas.

Los sollozos de Alissa se detuvieron de pronto.

—¿Qué hostias quieres decir con "escoge cualquiera"? —preguntó Alissa aún con una voz quebrada que apenas le salía.

Enid se puso de pie de un salto, serenamente sin contestar la pregunta de Alissa. Se sacudió las piernas y hasta dónde llegaban sus brazos golpeaba su espalda quitando el césped seco que quedó pegado a su ropa. Dio media vuelta y dando la espalda a Alissa agregó:

—Escoge cualquier tumba, entre las 200 que hay aquí. Todas están vacías Ali, sin cuerpos, ni cadáveres destruidos a pesar de que ahí los dejamos. Míralas tú misma y convéncete y cuando quieras respuestas búscame en el comedor, ahí estaré y te diré cuál es el plan. Te diré cómo haremos, para rescatar a tu querido Oneill.

Capítulo VIII: De vuelta al palacio

Ni Francisco, ni Alissa comprendían las palabras de Enid. Ella por su parte se marchó del lugar sin dar más detalles.

Alissa estaba atónita en el suelo, no podía creer lo que le había dicho Enid, «¿salvar a Oneill?, ¿acaso Oneill está vivo?». Una leve sonrisa incrédula asomó a su rostro mientras a varios metros veían como Enid se perdía entre la maleza de un pequeño jardín seguida por Miguel. Sin mediar palabra, Alissa se puso de pie, tomó la pala que utilizó Enid para cavar la tumba vacía de Oneill y desesperada se puso a quitar la tierra de una de las tumbas de al lado. Francisco, como por inercia, rápidamente se puso en posición y cavó la tumba que seguía. Luego de unos minutos descubrieron que ambas estaban vacías, eran montones de tierra sin rastros de cuerpos, era como si hubiesen desaparecido, o peor aún, como si nunca hubiesen existido.

—No puede ser Fran, ¿dónde están los cuerpos?

—No tengo idea de que está pasando aquí.

—Vamos, busca otra, pero que no esté cerca, debemos cavar más tumbas, no puede ser que los cuerpos hayan desaparecido, esta no me la creo.

Tomando cada uno por su lado y buscando entierros al azar, se dispusieron a cavar dando siempre con el mismo resultado.

Alissa llevaba siete desentierros y Fran cinco, aun así, no se detenían, saltaban de un lado a otro entre las 200 tumbas falsas que habían cavado. Incluso por un momento Alissa paseó su mirada alrededor, creyendo que no se encontraba en el lugar correcto donde estaba el cementerio de El Retiro, pero no había duda, ella misma anteriormente cavó y enterró ahí a todas las víctimas de Mario, estaba completamente segura, pero el cementerio estaba vacío.

Alissa se hartó de buscar en vano, estaba convencida que no iba a encontrar más cuerpos, pero ¿dónde carajo estaban?, cada vez eran más preguntas y menos respuestas que rondaban su mente. Dándose por vencida cavó la última tumba y se sentó al borde del gran hoyo, con sus pies dentro del agujero y un trozo de madera al lado con una cruz, que llevaba el nombre Santiago S.

Al fondo solo se escuchaban los golpes de Francisco, sacando aún tierra de algunas tumbas sin percatarse que Alissa se había detenido y contemplaba la tumba vacía, tan vacía como su mirada.

Al cabo de unos minutos y antes de empezar a cavar otra tumba, Francisco se dio cuenta que su amiga se había detenido. Miró alrededor de todo el cementerio y lo que veía eran varias tumbas vacías en todas direcciones sin un patrón específico, no podía ser posible, todo el cementerio sin cuerpos, sin amigos a los cuales dejarle flores, sin víctimas de la avaricia de Mario.

Francisco dejó su pala a un lado. Salió del último hoyo que cavó y se dirigió hacia el vacío cuerpo de Alissa. Tomó asiento a su lado, también metiendo los pies en aquel falso agujero de muerto y estuvieron sentados en silencio por algunos minutos.

—Ya no puedo más —balbuceó Alissa con su voz entrecortada sin siquiera mirarlo a la cara.

—Lo sé Ali, este lugar nos está llevando al límite. Siempre es una cosa tras otra, soledad, zozobra, mutados, caníbales, no hay camino que tomemos, que no nos lleve a otra sorpresa que nos cambie el día.

Alissa lo miró sorprendida en como también su semblante reflejaba una tristeza extenuante, pero lo entendía, ella también estaba muy cansada de no obtener respuestas.

—¿Sabes algo, Ali? Hoy hubiese sido un buen día. Después de mucho tiempo, volví a soñar con aquella madre que no conozco, la volví a abrazar y otra vez sentí su cariño. Ahí estaba ella, con su delantal de tela manchado de ceniza de cocina, palmeando una tortilla de maíz, mientras yo jugaba con *tronquitos* de madera. Hacía mucho frío, aunque unos leves rayos del sol comenzaban a iluminar la galera donde nos encontrábamos. Me sentía seguro, sereno y feliz.

En ese momento el rostro de Francisco se llenó de serenidad y le brillaban los ojos de alegría

—No importa que pase Ali, no importa cuán difícil sea el día, soportaré lo que sea para soñar con ella un día más. Solo quiero recibir, aunque sea falso y de un sueño; un caluroso abrazo de esa madre que no conozco —agregó Francisco levantando su mirada a las grises nubes que se ceñian sobre aquel cementerio.

Alissa bajó su mirada nuevamente tratando de comprender el sufrimiento de Francisco, por aquella extraña madre de sus sueños a quien no conocía. Francisco prosiguió:

—¿Qué ves en esa tumba vacía, Ali?

Alissa solo movió su cabeza de un lado a otro en forma negativa, sin entender cuál respuesta buscaba Francisco.

—¿Sabes que veo yo? —prosiguió Fran— la oportunidad de que vuelvas a ver a Oneill.

Alissa de golpe volteó a mirarlo y Francisco le respondió con una sonrisa mientras contemplaba sus hermosos ojos aguados.

—Si yo tuviese la oportunidad de ver a esa madre, como tienes en este momento en tus manos la oportunidad de ver a Oneill, haría hasta lo imposible por vivir un día más, Ali.

Alissa se abalanzó sobre Francisco en un abrazo, rodeando su grande cuello con sus brazos.

—Tengo miedo Fran, me dolería mucho saber que es mentira todo lo que tenga que decir Enid.

—Pero te alegra también, ¿cierto? —preguntó Francisco.

Alissa solo asintió moviendo su cabeza de arriba a abajo en el hombro de Fran.

—Entonces vive de eso Ali, disfruta esa alegría que sientes en este momento y cuando venga la tristeza, disfrútala también, pero nunca te adelantes en querer sentir las emociones que vendrán, o vivirás siempre perdiéndote de las cosas bonitas que tienes en tus manos.

Las lágrimas de Alissa cesaron y su rostro se iluminó con una sonrisa tal, que ese día no hizo falta el sol, para disfrutar de un hermoso día de primavera. Alissa apretó fuertemente el cuello de Fran, con el cariño más puro que podía sentir y agregó:

—Todos deberían tener un Francisco en sus vidas.

Fran puso su mano sobre la espalda de Alissa, abarcando casi toda su espalda, devolviendo así el cariñoso abrazo.

Luego de un momento de nostalgia, Alissa tomó fuerzas de las palabras de Francisco y se apartó de él bruscamente.

—Fran, tienes razón, no pienso quedarme aquí lloriqueando todo el puto día. Vamos por respuestas, estoy cansada de tratar de adaptarme a este mundo de mierda. A tomar por culo a quien esté detrás de esto, se las va a ver con nosotros.

—¡Si! —dijo Fran con fuerza poniéndose de pie, tomando la pala de Alissa con su mano derecha—. Vamos a partirle la cara a quien nos esté jodiendo.

—¿Con la pala, Fran?

Francisco volteó a mirar como impulsivamente tomó la pala, listo para partírsela a quien se atravesara en frente.

—No habrá quien se meta con este grandote armado con una pala, te lo aseguro —agregó Francisco mostrando con orgullo frente al rostro de Alissa su arma.

Alissa no aguantó y comenzó a reír a carcajadas, seguida de las risas de Francisco, quien seguía amenazando y rugiendo, sacudiendo la herramienta de un lado al otro.

Luego de un breve momento de risas, Alissa agregó:

—¡Gracias, Fran! —golpeando suavemente el rostro de Francisco con su mano derecha.

Francisco sin responder, puso su gran mano en el hombro de Alissa.

—Vamos por Enid, tiene mucho que explicar.

Ambos se pusieron en camino, más animados que nunca, serenos y ansiosos por respuestas; pero aún preocupados y pensativos por el camino que les esperaba.

Serían alrededor de las 9:30 a.m. cuando ambos se acercaban al comedor común, una amplia y llana zona de césped con varias mesas de madera rodeadas de sillas. Aquellas urnas donde se exhibían los panes y postres que consumía la comunidad de Farith, eran cosa del pasado. Muchos cocineros y personas con conocimiento en artes culinarias, murieron en la gran masacre de Mario, pero seguían contando con gente capaz, que, aunque no creaba los mismos manjares; cocinaban bastante bien como para pasar un rato agradable.

Enid levantó la mirada, terminando de comer su trozo de pan de boya con jalea de cereza y un té verde, mirando como se acercaban como dos miuras recién abiertos a ruedo, Alissa y Francisco; con sus miradas chocando fijamente con la de Enid. Ella estaba serena, solo masticaba el último dulce bocado de pan y jalea, mientras más se acercaban los dos amigos a pedir respuestas.

Alissa y Francisco se pararon al otro lado de la mesa vacía donde se encontraba Enid, ambos con los brazos cruzados sin decir palabra alguna. Enid levantó su mano y les instó a tomar asiento.

—Primero lo primero. Coman algo mientras conversamos.

—¡No queremos una mierda! —contestó Alissa claramente molesta.

Enid la miraba fijamente.

—No estás molesta Ali, estás intrigada —contestó Enid mientras sorbía uno de los últimos tragos de su té verde.

—¡Sí Enid, estoy intrigada y me molesta que no me digas de una puta vez que es toda esta mierda que está pasando!, ¡¿dónde está Oneill?!, ¡¿por qué carajo el cementerio está vacío?!, ¡necesito que me digas qué es todo esto!

—Tranquila, tranquila Alissa, decirte todo en este momento no sería prudente, no sé cómo lo tomarías, además, no tengo las respuestas para todo.

—¡¿Entonces vas a seguir ocultando información Enid?! —preguntaba Ali.

Enid soltó una pequeña sonrisa que solo hizo molestar aún más a Alissa.

—¡¿Qué mierda te parece tan gracioso?!

—En algún momento lo entenderás, pero yo más que nadie, soy la primera interesada en que lo sepas todo, pero a su debido tiempo.

—¡Con una mierda, Enid! —agregó Alissa golpeando la mesa con la palma de su mano—, ¡ya estoy cansada de pedir respuestas y que no me digas nada!

Quienes se encontraban alrededor intentado comer un bocadillo matutino, miraban intrigados a la distancia la furia de Alissa.

—No soñaste con Oneill, Ali.

Alissa cayó sus gritos al escuchar las palabras de Enid.

—¿A qué te refieres?

Por segunda vez Enid levantó su mano ofreciendo de nuevo asiento, siendo esta vez correspondida. Francisco, quien estaba en silencio como un guardaespaldas armado con una pala sucia de tierra, también tomó asiento al lado de Alissa, intrigado por lo que tenía que decir la ahora líder de la comunidad.

—De nuevo te pregunto Enid, ¿a qué te refieres con que no soñé con Oneill? —volvió a preguntar Alissa, esta vez más serena y deseosa de respuestas.

—Así es, no soñaste con Oneill, despertaste y lo viste; tal y como él es en realidad.

—¿A qué te refieres con que desperté?, ¿acaso entonces estamos en un sueño?, ¿esto no es real?

—Es curioso que lo intangible en el mundo real, es lo real en este mundo, ¿no te parece?

Alissa solo arqueaba una ceja sin comprender. Enid prosiguió:

—Claro que hay realidad en este mundo, el cariño que te tiene Francisco, el amor que sientes por Oneill, cada vez que te preocupabas por Mario, eso solo le da más realidad a este caótico escenario, pero en un mundo que llamamos real, esto sería solo efímero y sin sentido.

—¡Su puta madre Enid, no estoy entendiendo una mierda! —respondió Alissa tomándose su cabeza con ambas manos—. ¿Nos estás queriendo decir que este mundo no es real?, ¿que no existe?

—¿Sientes que no existe, Ali?

«Puta mierda», pensaba Alissa, «solo dime si lo es o no».

—No lo sé Enid, me siento aquí, siento mi piel —decía Alissa pellizcando su brazo—. No puedo creer que esto no sea real.

—Y tu sueño, ¿cómo se sintió?

El silencio de Alissa fue rotundo, no hubo respuesta, fue un momento en el que una chispa en su cerebro encendió una gran llamarada de duda. Su mirada estaba perdida en la mesa de madera. Francisco por su parte solo miraba en silencio a Enid, tratando de entender las palabras que escuchaba.

Luego de un largo momento, Alissa prosiguió:

—¿Quién hizo esto?, ¿con qué fin?, ¿dónde estamos en realidad? —preguntaba Alissa totalmente convencida de que las palabras de Enid eran ciertas.

Esto le extrañó de sobremanera a Francisco, «¿tan fácil la había convencido?», se preguntaba. Pero luego, una gran sonrisa asomó en el rostro de Fran que extrañó a Alissa y a Enid cuando la vieron.

—¿Qué sucede, Fran? —preguntó Alissa.

—No pasa nada, prosigan ustedes —contestó sin más.

—Como te decía Enid, explícanos ¿quién hizo esto? y ¿por qué?

—Esas respuestas no te servirán de nada, Ali. Podría durar todo el día explicándote el porqué de las cosas, pero eso no cambiaría nada, lo único que lo cambiaría es nuestra acción.

—Pero qué mierda dices, quiero comprender qué sucede —decía Alissa casi suplicando.

—Ya pronto lo sabrás todo, te lo prometo, por el momento hay algo que debemos hacer con urgencia y es rescatar a Oneill y traerlo de vuelta.

—Pero ¿qué dices Enid? Primero quieres convencerme de que este mundo no es real y luego me dices que debemos rescatarlo y traerlo de vuelta. ¿Qué sentido tiene?

—Tendrá todo el sentido mi niña, eso te lo aseguro.

—Bueno vale, digamos que te creemos todo lo que dices. Entonces, ¿cuál es el plan?, ¿me duermo y me traigo a Oneill a lo Freddy Kruger?

Enid frunció su ceño sin entender a qué se refería Alissa, sin embargo, se dio cuenta de su sarcasmo así que lo ignoró.

—Al igual que la mayoría de las personas de este lugar, Oneill está físicamente en otro lado, ese al que visitas en tus sueños, pero su mente se encuentra aún aquí. La mente de todos los que han muerto se encuentra escondida en algún lugar de la ciudad de Madrid.

—Bien vale, entonces, ¿adónde vamos?

—Ahí está el punto, no tengo idea de dónde pueden estar. Quien tiene cautivas sus mentes es muy cuidadoso y no las dejaría a vista de cualquiera y Madrid está lleno de recovecos donde pueden estar escondidos. Sin embargo, hay un lugar que me llama la atención y si fuera yo, es donde pondría mi bien más preciado.

—¡No puede ser! —agregó Francisco en voz alta.

—¿Qué sucede? —preguntó Alissa volteando a mirar a Francisco extrañada por su reacción.

Francisco apartó su turbia mirada de los ojos de Enid y se volteó de cuerpo completo hacia Alissa, tomándola por los hombros.

—Si lo que Enid dice es cierto, ya se dónde está Oneill y todos los demás que están cautivos.

Aún con la respuesta en su boca, la mirada de Francisco reflejaba temor y su piel se mostraba más pálida de lo normal.

—Están bajo nosotros, están en el metro de Madrid —contestó Fran.

—¡Con una mierda! —respondió Alissa con temor en sus ojos.

Ali agachó la mirada y volvió a tomarse la cabeza con sus manos. No podía creer lo que estaba pasando, ahora a raíz de un sueño todo estaba girando en torno a buscar dentro del peligroso metro de Madrid. «Qué mierda está pasando aquí», pensaba, «¿de verdad nos estamos creyendo toda esta mierda de Enid?». Sin embargo, Alissa tenía algo seguro, ni siquiera sentada en esa mesa sintiendo la fría brisa del aire, había sentido algo tan real y vívido como cuando aquella anciana desnuda intentaba levantarse del frío suelo en aquel cuarto blanco. Si todo lo que Enid decía era real, alguien la tenía secuestrada y le había robado no solo su vida, también su mente y sus recuerdos y la había llevado a ese mundo de mierda. A pesar de sus dudas, su furia la carcomía por dentro y eso opacaba todo raciocinio.

—Enid, ¿por qué no nos dijiste esto antes? —preguntó Alissa.

—La mente es muy frágil —contestó Enid—. Ya lo he intentado otras veces, pero siempre es lo mismo, el colapso de la razón. Con el tiempo entendí que debía hacerlo lentamente, paso a paso, hasta poder llegar a este punto y más aún; si esa persona ha experimentado un despertar.

El rostro de Francisco y de Alissa se caían a pedazos de la impresión.

—¡¿Otras veces?! —preguntaron los dos al unísono.

—Es por eso por lo que no puedo seguir hablando más. La mente humana no está capacitada para tanto estrés y buscará la manera de apagarse, y hacerlo en este mundo tiene consecuencias graves —contestó Enid—. Por el momento es mejor que lo dejemos hasta acá. Tienen mucho que pensar y aún no tenemos todas las respuestas. Disfruten de su desayuno y cuando estén listos me buscan en el palacio, ¿les parece?

—Enid, pero…

—Y por favor, ya no más preguntas, creedme, es por vuestro propio bien. Solo confiad en mí. Cuando sea necesario lo sabréis todo.

Enid no le dio tiempo ni a Fran ni a Ali de preguntar nada más, dio media vuelta con su taza de té aún con un último sorbo y un plato de porcelana vacío; y se marchó. Su última acción fue acercarse a las personas que servían los alimentos, les dio unas indicaciones a la distancia, señalando a Francisco y Alissa que aún seguían con la boca abierta, tratando de digerir la mañana que tuvieron; y se fue caminando.

Alissa no le quitaba la mirada a Enid, mientras se ocultaba pasando un pequeño sendero de piedra, cuando la perdió de vista. Expiró un gran suspiro y agachó su mirada.

—¿Qué piensas de todo esto Ali? —preguntó Francisco acomodándose de nuevo con la mesa al frente.

Alissa no le contestó, pero se miraba las manos fijamente, analizando cada uno de sus poros visibles, tratando de encontrar el más mínimo error de programación, el más mínimo indicio de que todo lo que estaba viviendo era falso y le diera las fuerzas necesarias para lo que vendría. Aun así, todo era tan real para ella, que le costaba encontrar esa fuerza y ese designio.

—¿Por qué reíste, Fran? —preguntó Alissa sin quitar la mirada de sus manos.

Francisco volvió a reír cuando el mismo recuerdo volvió a su mente.

—Ya te lo dije, hace un rato en el cementerio.

Francisco levantó su mirada hacia las nubes y prosiguió:

—Desde hace un tiempo me he sentido un loco, irracional, por el hecho de estar encariñado con un personaje creado por mi mente, pero si lo que Enid dice es cierto, ahora todo tiene sentido. Yo soy el que no es real y esa persona de mis sueños debe estar en algún lugar, esperándome para darme ese cariñoso abrazo que tantas veces me ha acurrucado en mis pensamientos antes de dormir. Esa madre que nunca ha existido para mí, ahora es probable que sí exista, y esa simple posibilidad, me llena de mucha alegría.

Los pensamientos de Francisco fueron interrumpidos por dos hombres que se acercaron a ellos con más pan de boya, jugo de naranja y un frasco de vidrio con jalea de cereza. Entre todo el trajín olvidaron tomar su desayuno siendo ya casi las 10:00 a.m.

Se sirvieron algo interrumpiendo la meditación mañanera y se dignaron a comer y beber su zumo en silencio.

—Sabes Fran —prosiguió Alissa ya casi terminando su desayuno—. Yo también quiero creer, quiero que Oneill esté vivo, quiero salir de aquí y aunque sea por poco tiempo; vivir una vida real, una vida en un paraíso sin monstruos de los cuales huir. Y si hay alguna posibilidad de que conozcas a esa persona que tanto amas, por ti; haré hasta lo imposible. Así que toma tu pala Fran y nos vamos a reventar mutados.

Francisco sonrió al escuchar el chistecito de Alissa de la pala, dando un leve golpe en su cabeza, pero de pronto la sonrisa de Fran volvió a tornarse turbia y perturbada.

—Ali, ¿crees que Mario también esté en los túneles del metro?

Alissa también tomó la seriedad del asunto.

—No lo sé, ni siquiera Enid sabe dónde están o si están todos juntos. ¿Qué harías si lo llegáramos a encontrar? —preguntó Alissa por pura morbosidad, para escuchar la respuesta de Francisco.

Fran se tomó un momento, tragó grueso y sus ojos se llenaron de tristeza.

—Lo abrazaría y le diría que lo perdono.

Alissa se quedó perpleja al escuchar las palabras de Francisco. Esperaba cualquier cosa, furia, tristeza, una explosión de sentimientos, pero no; Francisco lo único que quería era perdonar a su amigo, a pesar de que no se lo merecía. Aun así, su asombro bajó cuando Alissa comprendió lo que Fran le quería decir. Él no lo perdonaba porque se lo mereciera, lo perdonaba porque lo quería y porque Fran comprendía que odiar solo le traería oscuridad a su corazón, al final de cuentas lo perdonaba, para sentirse mejor consigo mismo.

«¡Oh, Francisco! Eres demasiado buena persona. Cuánto me gustaría poder perdonar como tú lo haces», pensaba Alissa.

Francisco se puso de pie de un golpe, tomando la pala en su mano, luego se dio cuenta que no tenía sentido y la lanzó lejos.

—Parezco un tonto arrastrando esa pala conmigo de un lado a otro, ¿no crees?

Alissa solo esbozó una pequeña sonrisa, entre tanto resentimiento que le provocaba pensar en el maldito de Mario.

—Vamos Ali, apuremos el paso, que tenemos que pensar cómo sacar a Oneill y a quien podamos de ese metro —concluyó.

Francisco y Alissa se pusieron de pie y se dirigieron al Palacio de Cristal. En pocos minutos estaban ante aquella entrada que tenían días de no visitar y a la que le tenían un gran rencor.

Donde antes se ostentaban fiestas, orgías y obras de teatro extravagantes; ahora se hacía tangible el abandono, que coincidía con el resto de la ciudad de Madrid. Vidrios quebrados, paredes rasgadas por las tenazas de los mutados, rastros de tierra sonrojada con tonos de sangre de los caídos aquella miserable noche. Todo el caos armonizaba finamente para dar un aspecto demacrado a aquella hermosa estructura, que de cristal solo seguía teniendo el piso por los trozos de ventanas esparcidos a lo largo y lo ancho.

Francisco miró a Alissa a quien tenía al lado, la tomó de la mano y con un leve movimiento de su rostro, ambos abrieron camino hacia el palacio, haciendo crujir cada paso en los vidrios esparcidos, mientras subían por las gradas manchadas de sangre, que daban a la entrada principal.

Ya adentro el aspecto no mejoraba mucho y el tono gris del día, hacía juego con el lúgubre lugar, en el que el único rastro de luz era reflejado en el rostro de la infanta Margarita, con aquel tono pálido de piel que, con mirada crítica, juzgaba a todo el que osaba ultrajar el antiguo hermoso palacio y el que, por culpa de la avaricia; ahora no era más que un óvalo de concreto y metal destruido.

Por dentro estaba atestado de mesas destruidas y sillas volcadas, seguramente testigos de aquella última fiesta que celebraba don Paco cuando Mario con su macabro plan, dejó entrar la plaga de mutados que destruyó gran parte de El Retiro. Había muchas manchas de sangre alrededor, que nadie se había preocupado en limpiar. Al fondo la gran cama de Farith recordaba las noches acompañadas de las más candentes escenas sexuales, donde el falso sultán pasaba rodeado de las más bellas y jóvenes mujeres, mismas que nunca llegaban a opacar a la venus que siempre tenía a su lado, Esther; de quien no se supo más después de perderse con Mario por las calles madrileñas.

Por un momento a Francisco le entró un cierto aire de nostalgia. Entrar en aquel lugar y recordar lo ostentoso y pasional que era su aire, y ahora verlo destruido, en la ruina y con aves pasando a través de sus ventanas como retando a quien osase intervenir en su paso; le carcomía el corazón.

En el centro había una gran mesa de madera, la última utilizada aquella vez que don Paco y Mario estuvieron cara a cara, retándose uno al otro por el poder de la comunidad. Era el único sitio ordenado, o que al menos limpiaron.

En su cabecera estaba sentada Enid, mirando un gran trozo de papel extendido de un metro por metro y medio, con el mapa de la ciudad de Madrid. A su alrededor había cinco oficiales a un lado y cuatro al otro. Miguel estaba de pie a su lado. Todos voltearon a mirar al ver a Alissa y a Fran al entrar al recinto.

—¡Venid, venid, chicos, tomad asiento! Os estábamos esperando —agregó Enid al verlos ingresar.

Dos oficiales del lado derecho de Enid se pusieron de pie, cediendo los asientos a Fran y Alissa, quienes inmediatamente se acercaron a ellos, pasaron por detrás de Enid y Miguel, y tomaron asiento.

—Vamos a ver, señores —comenzó diciendo Enid mientras se acomodaba sobre la silla—. Todos sabemos por qué estamos aquí. Debemos encontrar la manera de rescatar a los sobrevivientes de la masacre. Tenemos pruebas gracias a una cámara de seguridad de un edificio aledaño, de que estos mutados se llevaron algunos humanos con ellos y es posible que los tengan con vida en algún lugar del metro de Madrid.

«¡¿Qué?!», pensaba Alissa dudosa, pero inmediatamente de reojo, Enid volteó a mirarla junto con Francisco, y esa simple mirada bastó para hacerlos entender que debían mantenerse en silencio, muy probablemente nadie más sabía la realidad.

—¿Tenéis alguna idea de cómo podemos encontrarlos? —preguntó Enid.

El silencio duró poco, cuando uno de los oficiales con un chaleco que llevaba en su torso el apellido Díaz, opinó:

—¿Y si revisamos las cámaras de seguridad del metro?

—Es una opción, aunque no tenemos claridad desde qué lugar se maneja el centro de control de tráfico, al menos aquí no lo tenemos marcado —contestó Enid señaló el mapa que se encontraba sobre la mesa—, y aún si encontramos ese lugar, no sabemos si las cámaras estarán funcionando dentro del metro por la falta de electricidad. Todo el tiempo que podamos ahorrarnos, es valioso.

Enid seguía mirando el enorme mapa, un poco viejo y mohoso; marcado con muchos puntos y nombres sobre él.

—Bueno, pues yo prefiero por mi parte gastar recursos buscando esa estación de monitoreo, que buscar estación por estación. Sería un suicidio y no sería prudente arriesgar a todo un equipo si no sabemos dónde se encuentran —agregó otro de los oficiales que se encontraba sentado en la mesa.

—Dale pues, podríamos intentar esa opción de buscar una manera de tener un vistazo dentro del subterráneo —contestó Enid no muy contenta con la idea.

—Enid —prosiguió el oficial que se encontraba sentado al lado de Francisco—, hace ya varios días de esa masacre, ¿no crees que estos cabrones que se llevaron los mutados ya deberían estar más que muertos?

—Tenemos pruebas de que ellos aún están con vida y debemos rescatarlos —contestó Enid serena.

—¿Pruebas? y ¿qué tipo de pruebas? Queremos verlas —agregó el oficial Díaz.

—El señor Miguel —contestó Enid señalando al sujeto que se encontraba de pie al lado de ella—, captó una señal de radio de uno de los desaparecidos. El mensaje fue corto, pero claro, *"estamos en el metro"*, pero no se especificó en cuál estación. El mensaje fue recibido hoy a las cero setecientas horas.

La idea de Enid para convencer a los oficiales era sencilla, pero necesitaba que los pocos oficiales que quedaron a su mando nos acompañaran. Entre más personas, más posibilidades tendrían de sacar a Oneill y llevar a cabo su plan.

—¡No creo una mierda! —contestó molesto uno de los oficiales.

—¡Ni yo!, ¡y no me pienso arriesgar por unos cabrones que no conozco!

—¡Si, a tomar por culo! —seguían diciendo los oficiales molestos.

—¡Que os den Enid, no pienso hacer esto! —decía uno de los oficiales poniéndose de pie, siendo seguido por el resto.

Mientras tanto, Francisco prestaba atención a la reacción de los oficiales que se iban retirando, uno por uno, mientras Alissa cada vez se ponía más y más roja de cólera, hasta que explotó.

—¡¡Con una mierda parda de maricones, tomad asiento y escuchadme!! —gritó Alissa poniéndose de pie y golpeando con su mano abierta fuertemente la mesa.

Francisco también fue tomado por sorpresa por su compañera, por lo que dio un salto que casi cae de la silla.

—¡Me vais a decir! —prosiguió Alissa—, ¡que preferís seguir siendo unos cobardes hijos de puta! Lo vi en sus rostros cabrones, cuando todo El Retiro era como ver un campo de batalla, levantando esos cuerpos mutilados, esos trozos de cuerpos que se mezclaban unos con otros, lo vi en sus caras; no teníais miedo, teníais vergüenza, vergüenza de haber sobrevivido, porque vosotros sois los cabrones que se escondieron, los que están en esta sala son los hijos de puta que no dispararon una bala para no ser encontrados por los mutados, ¿o me equivoco?

Los oficiales se volteaban a mirar unos con otros, mientras dos de ellos bajaban la mirada. Alissa prosiguió:

—Si lo sé, y aún lo veo. Veo cabrones que ya no tienen una puta familia por la que luchar, no tienen amigos, ni propósito y aun así se esconden, ¿qué mierda tenéis que perder? De verdad que sois cabronazos. Os estamos dando una oportunidad, no solo de redimirse con todas las víctimas que enterraron, sino de largarnos de aquí, de rescatar a las familias y niños que día con día protegéis, con los que día a día compartís, ¿ni siquiera por ellos lo pensáis hacer? ¿No queréis por una puta vez en sus miserables vidas valer para algo y hacer algo bien?, o ¿preferís seguir siendo los cobardes del barrio?, ¿los cabrones con los que no se puede contar?, porque os queda de puta madre ese chaleco de protectores de la ley.

Algo tenía claro Alissa, esos hombres eran unos cobardes, pero al final de cuentas eran hombres, y si algo había aprendido de todo esto, es que, si quieres que un hombre haga algo, hiere su orgullo. Si quieres que no lo piense dos veces para hacer una estupidez, rétalo y dile que no puede hacerlo y lo tendrás a tu lado dispuesto a jugarse la vida por merecer ese título de macho.

Tan claro lo tenía Alissa, que los hombres dieron media vuelta y tomaron de nuevo sus asientos sin siquiera chistar. Enid solo miraba asombrada el rostro rojo de vergüenza de algunos de los hombres que se aclaraban su garganta disimulando, mientras el de Alissa seguía rojo, pero de rabia.

—¡Bueno, vale! —prosiguió Enid—, ¿dónde quedamos? ¡Ah sí!, si alguno tenéis alguna idea de cómo localizar esa estación para revisar las cámaras de seguridad del metro, que hable ahora, es su momento.

Pero el silencio era absoluto. Ninguno de los presentes tenía una idea de cómo localizar dicho centro de monitoreo. Una idea tras otra comenzó a discutirse sobre la mesa. Buscar la estación más grande donde tal vez ahí estaría su oficina central, buscar alguna guía turística más completa donde tal vez se informará quien controla el metro, preguntar entre los presentes si alguien tenía idea desde donde controlaban lo relacionado con el subterráneo; pero todas eran ideas vagas y sin claras posibilidades.

Alissa por su parte comenzó a repasar el mapa, pero no había nada que llamase su atención. El mapa tenía puntos y letras rojas que señalaban todas las estaciones del metro de Madrid. Veía nombres sobre el mapa, pero nada que le diera alguna idea: *Alonso Martínez, Legazpi, Buenos Aires, Atocha*. Todo era un entreverado mapa de letras sin dirección ni lugar, que diera una señal clara de hacia dónde debían dirigirse.

Los oficiales y Enid seguían tirando al aire ideas cada vez más ridículas de como encontrar a los sobrevivientes. Al cabo de unos quince minutos, las grises nubes que rodeaban la ciudad comenzaron a hacer de las suyas y a lo lejos se escuchaba como una avalancha de blancos corceles se acercaban barriendo con todo el verde paisaje que los rodeaba. Aunque el torrencial aguacero no era preocupación, el palacio estaba destrozado, pero su techo seguía intacto y los protegería del clima que ese día los sorprendió.

—Es la primera vez que veo El Retiro bajo el azote de la lluvia desde que estamos aquí, ¿no Fran? —agregó Alissa mirando hacia el techo como chocaban las gotas contra los cristales que aún permanecían intactos.

—Tienes razón, desde que estamos aquí no tenemos una gota de lluvia. Ya me estaba acostumbrando al calor de primavera.

Los ojos de Alissa se abrieron de golpe y su mirada cayó al mapa de Madrid, mientras los demás seguían admirando el techo del palacio.

Alissa se puso de pie, arrastró el mapa volteándolo hacia ella y comenzó a mirarlo desde arriba, deteniéndose y leyendo una por una cada palabra que había en él; llamando la atención de los demás.

—¿Qué sucede Ali? —preguntó Enid.

Alissa volteó a mirarla a punto de explicarle, pero se detuvo. Miró a los oficiales quienes también le prestaban atención y tartamudeando un poco agregó:

—¡Eeeehhh!, que yo también he escuchado algo por mi radio.

Fueron las únicas palabras que dijo disimuladamente a Enid y prosiguió leyendo el mapa. Luego de un par de minutos los ojos de Alissa se llenaron de esperanza. Una gran sonrisa emergió de sus labios y con su dedo índice derecho señaló un punto en específico en el mapa. De nuevo postró su mirada en Enid y agregó:

—"El sol", fueron las palabras de… —hizo una pequeña pausa— de esa persona. Busca el sol, debe de ser aquí, la estación *Sol* a pocas cuadras de este parque. Ahí es donde deben estar.

A Enid también le brillaban los ojos. Ella entendía a qué se refería, sabía que esa persona era Oneill quien en el sueño le indicó donde se encontraba.

Enid tenía algo muy en claro, ella misma configuró todo el software nuevo de Oby para este proyecto y conocía muy bien sus fallas. Gracias a que Mario logró despertar no solo a Alissa, sino también a Oneill, ellos llegaron a adquirir una conciencia superior a los demás. No era su plan principal como el que tenía con Mario, pero este podría funcionar.

Todas esas veces anteriores que Alissa soñó con Oneill, en realidad estaba recordando las simulaciones anteriores y Oneill al despertar y encontrarse con Alissa en la realidad, sabía que lo buscarían; así que apenas tuvo oportunidad le indicó donde se encontraba. El plan estaba en marcha, el plan del que solamente Enid tenía conocimiento. La primera parte estaba completa, descubrir donde estaba Oneill, el segundo paso y el más complicado… sacarlo de ahí con vida.

Capítulo IX: La lluvia

Los demás no quedaron muy convencidos, pero accedieron sin reclamar nada. Al menos Enid, Francisco y Alissa, estaban seguros de que Oneill se encontraba en la estación *Sol*, cerca de El Retiro.

—Bueno, al menos ya tenemos un lugar donde dirigirnos —agregó Enid entusiasmada.

—Y esa llamada que dices —continuó uno de los oficiales aún con muchas dudas— ¿cuándo la has recibido?

—Ayer en la noche —contestó inmediatamente Francisco antes de que Alissa contestara algo—. Yo también estuve ahí cuando Ali recibió esa señal. Nos encontrábamos cortando unos troncos para el fuego de la noche, cuando el sonido del radio con un poco de interferencia nos dijo esas palabras, *"el sol"*. Al principio pensamos que era algo entre ustedes los oficiales y que la señal se había colado, pero en este momento tiene más sentido lo que escuchamos, o ¿acaso fue una contraseña de ustedes?

Los oficiales se miraron entre ellos confundidos mientras se negaban el haber dicho esas palabras la noche anterior.

Puede ser porque quedaron convencidos, o por el hecho de que era un hombre quien aseguraba haber escuchado la señal y les daba directo en su conciencia *machirula*, pero ahora tenían claro que debían hacer y fue la última vez que dudaron de su misión.

—¡Bueno, vale! —agregó el oficial barrigón que se mecía en la silla rodante—. ¿Y cuál es el plan? Yo pienso que lo mejor será entrar por la mañana, donde seguramente estarán dormidos esos hijos de puta. Pero debemos entrar en silencio.

Francisco agachó su cabeza y se la agarró con sus dos manos, como no queriendo escuchar. Alissa se percató y puso su mano sobre su hombro.

—No podemos entrar sin saber adónde vamos, lo mejor será primero investigar bien la estación, buscar algún plano de la estación o algo. ¿Tú qué piensas niña? —preguntó uno de los oficiales a Alissa.

—No lo sé, no tengo idea. Vosotros sois los que juegan de oficiales ¿no? Algo debéis de saber.

—¡Ah claro, entiendo! —prosiguió el oficial indignado—. ¡Vosotros sois los de la puta idea de meterse al metro, pero que estos cabrones vean como lo hacen, que seamos nosotros los que se arriesgan y vosotros os quedáis bien empinados bebiendo una cañita, ¿no?!

—Nadie ha dicho eso —interrumpió Enid—. Nosotros también iremos, por eso necesitamos un plan.

Las discusiones iban y venían. Unos les tiraban a los otros. Los ánimos comenzaron a caldearse, mientras Francisco solo seguía con su cabeza agachada sin prestar atención al vaivén de ideas. Dos oficiales se pusieron de pie y discutían entre ellos mientras el oficial con el nombre Díaz reclamaba a Enid. Alissa también se incluyó en la conversación defendiendo la postura de Enid y desatendiendo a Francisco que claramente se veía en mal estado. La discusión pasó a ser una disputa, cuando un rugido gritando *"silencio"* como el de un león furioso, dejó sin voz a todos los presentes, creando un eco que hizo retumbar los pocos trozos de vidrio que aún se encontraban en las ventanas del palacio. Miguel tomó la palabra ya de manera más serena y agregó:

—No discutáis por pequeñeces, cuando ya el plan está definido.

—¡¿Y es que acaso tienes un plan?! —preguntó el oficial barrigón—. ¡A ver, escúpelo!

—No, yo no tengo una puta idea de que vamos a hacer, pero él sí.

Miguel con su cabeza moviéndola señaló a Francisco quien se encontraba aún con su rostro mirando al suelo y sus manos sobre sus orejas. Ni siquiera se percató del grito ni del silencio repentino, solamente seguía con su mirada baja. Luego de un momento, Alissa dio un pequeño golpe sobre su hombro y este la volteó a mirar. Alissa con su rostro le hizo una seña para que levantara la mirada y todos los ojos de la mesa estaban ceñidos sobre él. Francisco quitó sus manos de sus orejas e inmediatamente Miguel agregó:

—Escúpelo chaval, que no tenemos todo el día.

Y se postró de nuevo detrás de Enid.

Francisco lejos de indignarse, parecía comprenderlo al pie de la letra. Miguel sabía que tenía un plan, se había dado cuenta que no estaba evitando la conversación, estaba evitando distraerse para analizar todos y cada uno de los puntos de falla y posibles escenarios, y parecía tenerlo todo resuelto. Sin embargo, a Francisco le costaba tomar la palabra.

Alissa por segunda vez le dio un leve golpe en su hombro.

—¡¿Y bueno?! —preguntó.

Francisco pasó la mirada por cada uno de los presentes y al fin las palabras salieron de su boca:

—Tengo un plan, un estúpido plan.

Francisco se aclaró la garganta y prosiguió:

—No solo nosotros entraremos a la estación *Sol*, traeremos a los mutados a El Retiro.

La mirada de todos los presentes se seguía ciñendo sobre Francisco, pero esta vez era una mirada turbia. Nadie creía las palabras que salían de su boca, a excepción del oficial del chaleco con el nombre Díaz, quien tenía una leve sonrisa en su rostro imaginando que era una simple broma. Enid por su parte sabía que Francisco no era nada tonto, de hecho, varias de las mejores ideas en su travesía salieron de su cabeza, o al menos así se lo habían contado.

—A ver Fran, quítanos este rostro de sorpresa y cuéntanos, ¿a qué te refieres? —preguntó Enid.

—Sí, miren, la idea es esta —prosiguió Francisco acomodándose en su silla casi con un aire hasta de emoción—. El almacén está lleno de fuegos artificiales, lo vi la primera vez que entramos ahí e incluso el día de la masacre me di cuenta de que aún los tenemos con nosotros, ese será nuestro señuelo. ¿Me equivoco Enid?

—No, efectivamente Fran, esos fuegos según me indicaron los trajo Farith hace un tiempo, imagino que para alguna celebración en especial.

—Ok, perfecto. Ahora bien, por la distancia en el mapa podríamos deducir que la estación *Sol* está a no más de dos kilómetros de todo este gran espacio que tenemos alrededor.

Todos los presentes seguían en silencio prestando atención a cada palabra de Francisco.

—En este momento no somos más de setenta personas en todo el parque, podríamos fácilmente ocultarnos en algún edificio cercano por un tiempo y así no los arriesgaríamos con traer a los mutados. En parte, este plan es idea de Mario

Alissa arrugó la cara al escuchar ese nombre, mientras Francisco proseguía:

—Ya vimos que los mutados salen de noche si tienen algún acceso libre. Les abrimos la entrada, los dejamos que salgan y llamamos su atención al parque con los fuegos artificiales, cuando estén entretenidos vagando por todo el parque, entramos en la estación, sacamos a Oneill y antes del amanecer estamos fuera para que los mutados ingresen nuevamente, sellamos la entrada de nuevo y listo.

Tanto los oficiales como Alissa y Enid no pronunciaron palabra alguna de inmediato, sin embargo, se notaba que analizaban la situación con detenimiento. No era una idea tan descabellada, tardarían no más de un día en organizar a todos los de la comunidad en algún otro lugar y podrían dar rienda suelta al plan. Enid estaba a punto de decir algo, cuando fue interrumpida por el oficial barrigón:

—Me molesta decirlo, pero es la mejor idea que tenemos hasta el momento. Si hay alguna objeción, este es el momento.

El silencio fue absoluto.

—Bueno señores —prosiguió Enid—, tenemos un plan, tenemos un propósito y tenemos un día. Afinaremos los detalles conforme se vayan presentando, pero parece que vamos a rescatarlos. Al parecer, nos meteremos en la boca del león.

No hubo gritos ni celebraciones, ni copas chocando, ni abrazos. Los oficiales presentes se pusieron de pie y salieron con sus cabezas bajas. Alissa, Francisco, Enid y Miguel se quedaron en sus puestos, en silencio por algún momento más mientras el resto se retiró.

La torrencial lluvia seguía cayendo sobre el techo de cristal y por los alrededores corrían como pequeños ríos los canales de agua sucia que bañaban todo el hermoso oasis citadino.

Enid se puso de pie y agregó:

—Lo habéis hecho bien, dejadme a mí la búsqueda del lugar donde trasladaremos a los sobrevivientes de la comunidad. Mañana al amanecer tomaremos rumbo y afinaremos los últimos detalles. No podemos pasar de mañana para sacar a Oneill de ese maldito sitio.

Alissa solo asintió con su cabeza, como pensativa. Enid dudó por un momento el retirarse, pero decidió darles su espacio y se marchó seguida de Miguel, quien no agregó palabra alguna. De nuevo sus pasos no se escuchaban cuando caminaba sobre los cristales del suelo como a los demás, pero Alissa ya se había quebrado mucho la cabeza durante el día, así que no le prestó más atención. Cuando Enid y Miguel pasaron por la puerta principal, Francisco se dirigió a Alissa preguntando:

—¿Estás bien, Ali?

Pero Alissa no le contestó palabra alguna, solamente veía tras las ventanas como caía la lluvia sobre toda la verde vegetación. Luego de un momento de contemplación, contestó:

—¿De verdad crees que sea falso?, ¿todo este bello paisaje?

—Me gusta pensar que sí lo es, Ali. Me gusta imaginarme que todo esto es solo un sueño y tengo una hermosa vida allá afuera —contestó mirando hacia el techo.

—También me gusta creer eso, también me gusta —terminó Alissa susurrando esas últimas tres palabras.

Luego de un momento ambos se pusieron de pie y dieron un último vistazo a todo el destruido palacio.

—¿Qué necesidad tenemos? —preguntó Alissa contemplando las quebradas ventanas y la lúgubre oscuridad que se cernía sobre las frías paredes de concreto, donde por alguno que otro orificio se filtraba el agua y bañaba el interior de lo que alguna vez fue un ostentoso palacio repleto de lujo y lujuria.

Francisco no contestó, esperando a que Alissa terminara su pregunta.

—¿Qué necesidad tenemos los humanos de destruir todo lo bello que otros crearon?

—No lo sé, Ali. Y temo convertirme en uno de ellos —contestó Francisco agachando la cabeza y saliendo del palacio.

Alissa se quedó por un último momento contemplando esas sombrías paredes a su alrededor. Dio un último vistazo a la infanta Margarita quien con su mirada la seguía juzgando y dijo en voz alta sin ser escuchada por nadie.

—¡Lo siento mucho!

Y salió caminando lentamente bajo la lluvia. Esa fue la última vez que Alissa vio aquel majestuoso Palacio de Cristal.

Minutos después y destilando agua, llegó al campamento. Ese día no harían más que descansar, no era un buen día para realizar labores de campo y tampoco tenía mucho sentido, no sabían en qué estado iba a terminar El Retiro después de otra intromisión de los mutados.

—¡¿Fran?! —grito Alissa un poco fuerte para ser escuchada bajo la lluvia fuera de la tienda de su amigo.

Pero este no contestó. Gritó un par de veces más creyendo que no la escuchaba, pero no había reacción de nadie dentro de la tienda. Abrió la cremallera y verificó que la misma se encontraba vacía.

—¿Dónde mierda te has metido Fran? —preguntó en voz alta.

No le tomó importancia alguna y entró en su tienda, dejando la ropa mojada y sucia por fuera. Rápidamente Alissa sacó una toalla y secó su cuerpo todo lo que pudo. Se tiró encima una sudadera gris enorme y se metió bajo las cobijas escuchando como las grandes gotas de agua seguían cayendo sobre la carpa y corrían hasta el suelo como pequeños ríos. Minutos después cayó dormida con el arrullo de la lluvia.

—¡Ali, Ali! —se escuchaba una voz que llamaba fuera de su tienda y golpeaba los pocos borbollones de agua que seguían bajando por la carpa ahora apaciguadamente.

Alissa se levantó de repente, sintiendo que había dormido por un buen rato. Rápidamente abrió la cremallera de la carpa y Francisco asomó su cabeza.

—¿Qué sucede Fran?, ¿estás bien? —preguntó Alissa viendo el rostro empapado de Francisco y más pálido de lo normal.

—¡No Ali, no estoy bien, las cosas no andan bien! —contestó Fran agitado.

—¿Qué?, ¿a qué te refieres Fran?, ¿qué pasó? Anda entra y sécate un poco, estás empapado.

Francisco no lo pensó dos veces y metió todo su enorme cuerpo en la carpa de Alissa, embarrado de tierra y mojado de pies a cabeza. Alissa rápidamente le acercó un paño medio húmedo con el que anteriormente ella se secó y Francisco lo pasó por su cuerpo como por compromiso, no prestando atención si se secaba bien o no.

—Me dices que las cosas no andan bien —prosiguió Alissa.

—¡Si, escúchame, he visto algo muy extraño! —respondió Francisco un poco acelerado.

—Mira, pues extraño en este mundo, ya no sé a qué te refieres.

—A Miguel, Ali, a Miguel —respondió claramente alterado.

—¿Qué pasa con Miguel?

—Lo que sucede es lo siguiente, préstame atención.

Francisco se hincó hacia adelante para hablar con voz baja a Alissa y prosiguió:

—Cuando terminamos la reunión y hemos dejado el palacio, me he largado caminando rumbo al cementerio.

—¡¿Al cementerio?! —preguntó Alissa intrigada— ¿y qué carajos ibas a hacer ahí?, si ya vimos que está vacío. ¿Acaso no te quedó claro y querías seguir desenterrando más tumbas?

—¡No Ali, escúchame! —prosiguió Fran—. Iba para el cementerio porque dejamos muchas tumbas descubiertas y no es buena idea que alguien más las viera así. Bastante te costó convencer a esos oficiales de ayudarnos a entrar al metro como para que alguien vea el cementerio desterrado sin cuerpos y terminemos en otro interrogatorio, por eso me dirigí ahí.

—¡Ah!, pues muy buena idea, no lo había pensado.

—Bueno pues no fui el único que lo pensó así.

—¿Que no estabas solo entonces? —preguntó Ali ya prestando más atención al asunto.

—No, acercándome al cementerio me di cuenta de que Enid y el tal Miguel se me habían adelantado. Ellos pensaron lo mismo, puesto que luego de cruzar unas palabras mientras me iba acercando a la distancia, vi como Enid tomaba una pala y comenzaba a tapar las tumbas de nuevo.

—¡Ah vale!, entiendo, debieron de pensar lo mismo que vos y se te adelantaron.

—Imagino que sí, ese no es el punto. Lo que me pareció muy extraño es que una pala me la llevé yo para el comedor temprano mientras desayunamos, ¿recuerdas?

—Sí, pues claro que me acuerdo, bastante chistoso te veías a punto de enfrentar el mundo a palazos —contestó Alissa esbozando una leve sonrisa que no fue correspondida por Fran.

—Sí exacto, lo que me pareció extraño es que no fue Miguel quien se puso a tapar las tumbas y a llenarlas nuevamente de tierra, fue Enid, Miguel solo se quedó a su lado de brazos cruzados mirando.

—¡Ah vale! —respondió Alissa tardando en comprender la idea de Fran— pues será hijoputa no haberla ayudado.

—Sí, eso fue lo que me pareció extraño.

—O alguno tendrá que no pueda realizar esfuerzo, muy joven no es el tío.

—¡Escúchame, Ali! —prosiguió Fran posando su mano sobre la rodilla de Alissa que estaba bajo las cobijas, tratando de callarla de la manera más respetuosa que podía hacerlo.

—¡Vale, vale!, sigue que no te entiendo porque tanto asombro por un hijo de puta poco caballeroso.

—Mira, escúchame y lo entenderás.

Francisco volvió a acomodar su empapado trasero más cerca de Alissa, mojando un poco la punta de sus calientes cobijas y prosiguió:

—En ese momento me detuve y me puse a pensar. A este cabrón no se le escuchan los pasos ni sobre las hojas secas, ni sobre el cristal quebrado, ni sobre ninguna superficie; de verdad son como pasos de fantasma.

—¿Ok? —respondió Alissa viendo el rumbo que tomaba la historia.

—Y no solo eso, sé que no te diste cuenta, pero el día que este tipo estaba desayunando a tu lado, que simplemente desapareció, ¿lo recuerdas?

—Pues claro, como no voy a recordarlo si el hijo de puta me dio un gran susto. Pero si lo dices porque aparece y desaparece sin escucharse siquiera, pues sí tienes razón en que me ha parecido extraño.

—Si, pero no me refiero a eso, estuvo a tu lado por aproximadamente veinte minutos comiendo de esa avena mojada, cuando desapareció voltee a mirar el tazón en la mesa a tu lado y estaba completamente lleno, no había comido nada.

—Mmm, ¿de verdad? no me percaté de eso. Y si me parece bastante extraño.

—Y peor aún, y sé que esto no te va a gustar recordarlo, pero… ¿a qué se debía esa obsesión de Mario con ese tal Miguel?, ¿alguna vez lo escuchaste hablar de él?, ¿te diste cuenta de cuánto le molestaba no saber quién era?

Alissa volvió a arrugar su cara. Escuchar ese nombre le causaba náuseas, pero le siguió la corriente a Francisco.

—Si Fran, en eso tienes razón, siempre me causó curiosidad saber quién era ese Miguel y por qué esa necesidad de Mario con él.

—Exacto, y por todo eso tomé una decisión.

—¡¿Una decisión?! —preguntó Alissa intrigada—. ¿A qué te refieres?

—Me escondí, Ali.

—¡¿Qué?!, ¡¿qué te escondiste?!

—¡Si, eso hice, me escondí detrás de unos arbustos y esperé por casi una hora!

—¿Y qué pasó?, ¿qué viste? —preguntó Alissa acercando su cuerpo más al de Francisco totalmente interesada en saber que descubrió.

—Pues mira, sucedió que Enid duró casi media hora cubriendo todas las tumbas, totalmente empapada y llena de tierra, ahí fue cuando me di cuenta. Miguel estaba bajo esa torrencial lluvia, sobre charcos de barro y tierra, caminando de un lado a otro sin dejar a Enid y lo vi Ali, lo vi —agregó Francisco susurrando al final de su frase.

—¿Qué viste Fran?

—Miguel estaba totalmente seco. Las gotas de lluvia no le afectaban en lo más mínimo, sus zapatos y su ropa estaba limpia, o bueno; al menos no tenían tierra por ningún lado. Cuando Enid terminó de cubrir todos los agujeros, estuvo sentada por un rato admirando el cementerio y conversando con Miguel. No supe de qué estaban hablando, había mucha distancia entre nosotros, luego Miguel hizo un movimiento agachando su cabeza como despidiéndose, dio media vuelta, caminó dos pasos y *¡pum!* —terminó Fran su descripción separando sus manos una de la otra.

—¡¿Qué?!, a ver Fran ¿qué quiere decir *pum*? —preguntó Alissa imitando el movimiento de manos de Francisco.

—¡Que desapareció Ali, se esfumó, se fue!

—Pero ¿se fue caminando?

—¡No! Se esfumó en el aire, no dio más de tres pasos y ya no estaba en toda el área.

—No lo puedo creer Fran, no puedo creer esto que me estás diciendo —contestó Alissa claramente intrigada y alarmada— ¿quién será este cabrón de Miguel?

—No lo sé, no tengo la más mínima idea.

—¿Y qué hizo Enid?

—Nada, se puso de pie y caminó rumbo a su tienda al otro lado del bosque.

—¡Con una mierda, tenemos que encararla! ¡Esta cabrona no puede tener más secretos con nosotros, así que debemos hablar con ella!

—Me parece muy bien, si vamos a arriesgar nuestra vida aquí por una teoría de Enid, al menos quiero irme sin dudas.

—Mira, Fran —prosiguió Alissa postrando su mano sobre el húmedo hombro de Francisco—. Muchas gracias, has descubierto algo increíble y muy importante. Ve a tu tienda, sécate y descansa un poco. Hoy prepararemos algunas cosas en la noche, los fuegos artificiales, alimentos y alistaremos los suministros necesarios para nuestro nuevo hogar, así que hoy veremos a Enid y nos va a aclarar qué mierda sucede con este tío, Miguel. Te aseguro que la verdad sobre ese cabrón, de hoy no pasa; o no haremos una mierda por sacar a nadie de ese maldito metro.

Capítulo X: ¿Quién carajo es Miguel?

Serían alrededor de las 8:00 p.m. cuando Francisco salió de su tienda de campaña, luego de varias horas de sueño reparador y preparado para la larga noche y el día que les esperaba.

Alissa ya tenía casi una hora de estar despierta, pero seguía encerrada en su tienda, pensativa en cada mínimo detalle de lo que les depararía el destino. Preparando las palabras que le diría a Enid, sus acciones en el metro; debía estar anuente a posibles cambios de escenario, pero trataba de imaginarlos todos y una posible salida a cualquiera de ellos.

—Ali, ¿estás lista? —preguntó Francisco golpeando levemente la tienda de campaña y dejando caer aún algunas gotas de la lluvia que resbalaban de la carpa.

—Sí, dame un momento —contestó Alissa dando por terminada su meditación.

Un par de minutos después salió de su tienda, con aquella gran mochila que la había acompañado desde el aeropuerto madrileño; llena con sus cosas personales y lo básico para sobrevivir.

Francisco la esperaba afuera mirando como se asomaba la cara de la luna entre las nubes.

—¿Estás listo, Fran? —preguntó Alissa siendo ella quien ahora interrumpía su meditación.

—Me gustaría que esta fuera la última vez que me preguntan eso —contestó Fran sin voltearla a ver—, pero estoy seguro de que no lo será. ¡Vamos, Ali!

Ambos se pusieron camino al gran almacén de suministros donde se encontraban la mayoría de los habitantes que quedaban de la comunidad El Retiro. Minutos después y en completo silencio durante su caminata, llegaron al tumulto de personas que se formaba para ingresar al almacén. Dos oficiales en la puerta iban cediendo los espacios de dos en dos a quienes llegaban, para dotar sus mochilas de suministros suficientes para los días que estarían fuera. Aunque en un principio pensaban volver a El Retiro, debían ir preparados para lo que fuera.

Los oficiales lograron mirar entre la multitud a Alissa y a Fran. Gritando, uno de los oficiales llamó su atención.

—¡Eeeehhh!, ¡vosotros dos, venid de inmediato, que os esperan adentro!

Alissa volteó a mirar a Francisco y sin pensarlo mucho se dirigieron al almacén, pasando por la puerta principal sin ninguna complicación.

Adentro se encontraba Enid con sus oficiales repartiendo a algunos civiles mantas nuevas empacadas y algunas latas con sus etiquetas borrosas por el tiempo que tenían de estar guardadas.

—¡Hola, chicos, ¿cómo estáis?! —saludó Enid efusivamente al ver a Fran y Alissa entrando al edificio.

—Bien, bien, Enid, estamos bien —contestó Alissa mientras Enid se acercó a abrazarlos.

—Vale mira, hay varias cosas de las que ocuparnos. Miguel tiene un lugar cerca de la estación *Sol*, con varios cuartos y camas acogedoras. De verdad que no entiendo como no se nos ocurrió largarnos antes de aquí, ahora que somos tan pocos, pero, en fin, ya no tiene sentido.

—Pero aún podemos hacerlo, vivir en ese edificio y utilizar El Retiro como campo de agricultura.

—Tienes razón, luego veremos eso —contestó Enid un poco pensativa, como ocultando algo—. Pero bueno, vale, como decía. Tenemos bastante que hacer, ya algunos de mis oficiales se llevaron toda la pólvora del lugar. Sin duda llamaremos la atención de esos malditos monstruos, luego estaremos listos para entrar y sacar a Oneill de ese lugar.

—¡No haremos una mierda! —contestó Alissa tajantemente cortando el rollo de Enid.

Esta solamente se mantuvo en silencio mirándola a los ojos y agregó:

—¿Qué sucede Ali?, ¿a qué viene todo esto?

—Necesitamos saber algo, ¿quién carajo es Miguel?, ¿de dónde lo conoces?

Enid seguía mirando fijamente a Alissa como analizándola y contestó:

—Si me estáis preguntando esto tan directamente y de la forma en que lo hacéis, algo han de saber. Vamos, acompañadme.

Enid sin mediar otra palabra pasó por en medio de los dos y se dirigió hacia la entrada principal, saliendo del almacén con bastante prisa. Detrás de ella Fran y Ali trataban de seguirle el paso. Pasaron entre la multitud y Enid se dirigió rápidamente por frente al gran lago del parque, rodeándolo y dirigiéndose hacia el monumento de *Alfonso XII*.

—Enid, ¿adónde vamos? —preguntó Alissa intrigada.

—Ya casi estamos, vamos no os quedéis.

Enid se detuvo bajo el gran monumento en las gradas que daban al lago, bajo aquel gran caballo de bronce que mira el horizonte sin cansancio.

Alissa y Francisco la alcanzaron y se colocaron dos gradas por debajo, mirando a Enid de frente mientras ella miraba el lago apaciguado, iluminado por los leves resplandores de luna que asomaba por pocos segundos.

—Bien, ¿queréis saber quién es Miguel? —preguntó Enid sin mirarlos a la cara.

—Pues sí, te lo hemos dicho. Queremos que nos digas todo sobre él.

—Bueno, lo que os puedo decir es que Miguel ha luchado a mi lado, por muchos años y de verdad son muchos años.

—Ok, vale —contestó Alissa sin prestarle importancia.

—Pero Miguel, murió.

—¡La madre que me parió! —agregó Alissa tapando su boca mientras Francisco solo permanecía en silencio con su rostro un poco pálido.

—Sí, así como lo oyen, ¿cierto Miguel? —preguntó Enid mirando hacia el lago donde una silueta como una sombra permanecía de pie sobre el agua.

Alissa y Francisco voltearon a mirar y no cabían de la impresión. Caminando sobre el agua hacia ellos, venía Miguel, con las manos en su espalda y una expresión seria en su rostro. En pocos segundos que se hicieron eternos estaba del otro lado de la cerca de metal que dividía el agua de las gradas, pero como si de una ilusión se tratara, pasó al otro lado a través de las barras de metal.

—¡¿Qué mierda es esto?! ¿Entonces no eres de verdad? —preguntó Ali.

Y con su mano derecha pasaba de lado a lado, una y otra vez a Miguel sin sentir nada más que la brisa, como si de una ilusión se tratara.

—No lo ofendas Ali, claro que es verdadero, es una persona como tú o como yo, pero él está atrapado aquí.

—¡¿Atrapado?!, ¡¿A qué te refieres?!

—Mira, os lo voy a explicar para que comprendan.

—Esa historia no me gusta mucho —exclamó Miguel.

—Ya sé que no Miguel, pero ellos deben entender. Prestad atención —dijo dirigiéndose a ellos.

Alissa y Francisco no podían cerrar la boca de la sorpresa, se sentaron sobre las gradas, admirando tanto el paisaje del lago, como a Miguel de pie a unos pasos de distancia.

—Ya se los dije anteriormente, que me creyeran o no, esto es una simulación, ¿cierto?

—Sí y no nos has dicho ni quien creó este lugar, ni con qué fin.

—Bueno vale Ali, eso llegará a su tiempo.

Alissa no reaccionó de buena manera arrugando un poco su semblante, pero, en fin, pensaba que al menos un poco más de información si iba a tener.

—Como les estaba diciendo, esto es una simulación, pero no ha sido la única. Hemos vivido muchas vidas extrañas, siempre rodeados de catástrofes. Hoy son mutados, antes fueron extraterrestres, anteriormente monstruos marinos, hambrunas, virus. Muchas cosas fuertes hemos vivido y siempre es lo mismo. Se acaba la simulación y comienza otra, hasta que alguien como tú aparece, Ali.

—¿Alguien como yo? —preguntó Alissa extrañada.

—Sí, alguien como tú o como Miguel, con conciencia de la simulación. Pero no simple conciencia con solo saber que existe, alguien que despierta y vuelve, eso es muy difícil de ver y te lo digo yo que tengo más de doscientos años viviendo vidas de vidas.

—¡¿Qué?!, ¡¿doscientos años, Enid?!

Francisco y Alissa se miraron sin entender lo que sus oídos escuchaban. «¿Enid tiene doscientos años de vivir en simulaciones?», se preguntaban con sus miradas.

Alissa por primera vez se estaba convenciendo de que todo esto que le decía Enid era verdad. Anteriormente, aunque creía entenderlo, lo dudaba, pero esta vez, ver con sus ojos que Miguel caminaba sobre el agua, un agua que a ellos los ahogaba, o ver qué pasaba por entre barreras de metal como si de una ilusión se tratara sin recibir daño alguno; le daba las pruebas suficientes de que todo lo que estaban viviendo no era real, pero entonces, eso quería decir que su cuerpo anciano con una vida robada era su verdadero mundo. Ese pensamiento calaba en su interior como una barra de metal ardiendo bajando por su garganta. La llenaba de tristeza, pero también de ira, rabia y cólera. Eran unos putos experimentos y hasta ahora había caído en cuenta. Aclarando su garganta prosiguió:

—¿Cómo puede tu cuerpo real vivir por más de doscientos años?

Enid se tomó un momento para contestar y respondió:

—Por extraño que te parezca mi niña, yo no tengo un cuerpo real como tú o como Fran. Podría decirse que soy como un virus de computadora y mi único propósito es dañar este maldito experimento desde adentro. Fui creada para destruir todo esto apenas se pusiera en marcha, pero subestimé a mi enemigo y el programa logró limitar mis acciones. Aunque no es un programa perfecto, tiene algunos fallos y podríamos decir que Miguel es uno de esos fallos.

—¿Un fallo Miguel? —preguntó Alissa—. Enid, creo que logro entender lo del virus de computadora, pero entonces ¿Miguel qué es?

—Miguel era como tú —prosiguió Enid señalando a Ali con su mano—. Miguel logró despertar y la inteligencia artificial que controla este maldito experimento, lejos de botarlo de aquí como seguramente hizo con Mario, lo mantuvo entre nosotros, imagino que para intentar descifrar el error de su despertar.

El rostro de Alissa y Fran volvieron a expresar sorpresa ante las palabras de Enid, pero no les dio tiempo de preguntar nada porque Enid continuó hablando:

—Mantuvo el cuerpo de Miguel consciente en las simulaciones, hasta que pocos días después murió en esa cama que viste en tus sueños Ali. Sin embargo, y aún no entiendo el porqué; Miguel siguió apareciendo en las simulaciones, consciente de su papel y capaz de interactuar con cualquiera, pero no puede sentir ni tomar objetos. Es prácticamente la simulación de un fantasma por así decirlo.

—Pero, tú sí puedes tomar objetos y comer Enid, te he visto haciéndolo —agregó Francisco.

—Efectivamente, a diferencia de Miguel, yo si fui creada para vivir en este mundo, incluso puedo tener hambre y cansancio para parecer lo más humana posible, pero Miguel no, él está atrapado en este y cualquier otro mundo que se genere, sin necesidad de dormir, de comer o de tocar algún objeto o persona a su alrededor. Prácticamente es peor que morir, ya que, después de muchos años en su situación, se le pierde sentido a todo. Es por eso que me está ayudando.

—¡¿Ayudando?!

—Si Ali, me está ayudando a destruir este mundo. Prácticamente me está ayudando a que lo mate, ya que, una vez que desaparezca el ordenador de la simulación, su memoria se borrará también junto con la mía.

—¡Su puta madre! —exclamó Alissa.

—Un momento Enid, en otras palabras. Si algo sale mal, ¿Ali puede terminar así como Miguel? —preguntó Francisco.

Un silencio turbio y un rostro serio fue la respuesta de Enid. Francisco claramente molesto se puso frente a Alissa como protegiéndola y encaró a Enid.

—¡¿Te he hecho una puta pregunta?! —gritó Francisco levantando la voz.

Esta vez la sorprendida era Alissa, nunca en lo que tenía de conocer a Fran lo había escuchado usando una mala palabra. Francisco era muy recatado para esos términos y a pesar de haberlo visto molesto, nunca lo escuchó así.

—¡Sí! —contestó con propiedad Miguel—. Puede quedar así como yo, vagando por años y años en este maldito programa, sin poder morir, sin poder hacer nada al respecto y viendo como tus amigos mueren de las peores maneras posibles, una y otra y otra vez. Eso es lo peor de todo en este mundo, eso es lo más difícil, Fran.

Miguel con sus ojos caídos en tristeza, seguía mirando a Francisco de frente y prosiguió:

—Haberlos visto a ustedes dos morir cientos de veces, haberlos llorado tanto y que ni siquiera me recuerden, eso es lo que más duele de todo este castigo.

Francisco y Alissa se quedaron sin palabras. A Fran por un momento se le olvidó el motivo de su rabia y Alissa estaba a punto de dejar caer un par de lágrimas. Por un momento ambos sintieron lástima del cariño con el que los veía Miguel, a pesar de que ninguno de los dos recordaba haberlo visto antes.

—A pesar de aquellos ojos de desprecio que me lanzaste cuando me conociste en el comedor comunal —prosiguió Miguel dirigiéndose a Ali—, te sigo teniendo un enorme cariño, mi niña.

Esas palabras y ver como inmediatamente Miguel dio media vuelta y caminó hacia el lago desapareciendo con solamente dar tres pasos, fue motivo suficiente para que Alissa comenzara a derramar lágrimas de tristeza por aquel pobre hombre del que nadie tenía idea de quién era, pero al parecer conocían desde hace mucho tiempo. «¿Qué peor castigo debe haber después de la muerte, además de ser olvidado?», pensaba Alissa empapada en lágrimas.

—¡Menos aún! —agregó Francisco sin dejar de mirar el lago donde desapareció Miguel— menos aún vamos a hacer esto Ali, no voy a dejar que te pase lo mismo que a Miguel y quedes atrapada en este mundo, no lo voy a permitir.

—Fran, pero…

—¡No Ali, no lo voy a aceptar! ¡Tú no puedes arriesgarte a esto! —dijo Francisco molesto dando la vuelta y tomándola del brazo para llevársela lejos de ahí.

—¡Francisco! —gritó Alissa molesta apartando bruscamente su brazo de la mano que la sujetaba—. ¡Esa decisión la voy a tomar yo y nadie más! ¡A mí es a quien me corresponde decidir hasta dónde quiero sacrificar, no a ti!

Francisco la miró con el rostro lleno de sorpresa y sus ojos aguados por los gritos y el enfado de Alissa, quien nunca se había puesto así con él. Pasó de la sorpresa a la ira nuevamente arrugando su rostro y contestó:

—Haz lo que quieras.

Dio media vuelta y se marchó rápidamente.

—¡Fran!, ¡oye Fran!, ¡espera! —gritaba Alissa sin lograr que éste desistiera.

—Ve con él, solo está molesto porque se preocupa por ti —le aconsejó Enid.

—No, nosotras no hemos terminado, Enid. Ahora solo somos tú y yo y me vas a contar todo lo que te pregunte. Si voy a asumir este riesgo, tengo que saber por qué lo hago —agregó Alissa claramente molesta acercándose cara a cara a Enid.

Por un momento hubo un gran silencio y un cruce de miradas que ni siquiera era interrumpido por la brisa nocturna del parque. Enid se apartó lentamente mientras Ali la seguía con su mirada y tomó asiento en las escaleras al pie del gran monumento.

—Anda, pregunta. Te aseguro que no me guardaré nada.

—¡Vale, así me gusta! Primera pregunta —dijo Alissa mientras tomaba asiento un escalón arriba del de Enid— Hace un momento dijiste que Mario fue expulsado, ¿expulsado de dónde?

—Bien Ali, como te dije anteriormente, estamos en una simulación, pero, en algún lugar deben estar sus cuerpos, ¿no?

—Si, lo entiendo, aquella anciana, o bueno, yo, pero más vieja es mi verdadero cuerpo.

—Exacto Ali, tú estás en ese lugar junto con Fran, Oneill, Esther, Farith.

—¡Oh!, esos hijos de puta, los había olvidado por completo —agregó Alissa frunciendo su ceño.

—Sí, ellos aún están conectados y también han de estar escondidos en alguna estación del metro, esperando el final de la simulación para comenzar de nuevo.

—¿Y eso cómo lo sabes? —preguntó Alissa extrañada.

—Porque soy un programa, ¿recuerdas?

—¡Ah vale! lo había olvidado. Me cuesta mucho entenderlo mirándote aquí sentada a mi lado tan real.

—Si, lo sé, no te preocupes. Como te decía, en parte estoy fundida con este mundo, con esta simulación y con Oby.

—¿Con Oby?, ¿quién carajo es Oby?

—Oby es el cerebro de todo, Ali. Oby es quien controla todos estos mundos y es quien realiza todos los experimentos. Al igual que Oby hay muchas cosas que sé, pero, así como esta I.A. no puede saber que estoy aquí, yo no puedo detenerlo o atarlo. Sin embargo, hay cosas que veo, por ejemplo; quiénes son reales y quienes son caracteres secundarios.

—Un momento, un momento Enid, vas muy rápido. ¿Qué es una I.A. y qué es carácter secundario?

—¡Oh lo siento Ali! I.A. significa Inteligencia Artificial, que es la inteligencia que controla este experimento.

—¡Ah ok!, creo entender. En mi época no había mucho de eso.

—Y eran afortunados, te lo aseguro. Bueno, y un carácter secundario es un término creado para referirse a las personas que ves aquí, pero no son reales, se utilizan para rellenar los espacios en las simulaciones. No todas las personas que han existido en este mundo existen en el mundo real, son también simulaciones para darle más variedad a las pruebas. Por ejemplo, muchas veces se han tomado decisiones gracias a que un carácter secundario incita a la controversia en alguna conversación, para ponerte un ejemplo, cuando los pasajeros reclamaban al capitán por sus maletas al bajar al aeropuerto, muchas veces no eran pensamientos reales, eran órdenes de Oby para ver la reacción de los presentes o del mismo capitán.

—Lo había olvidado, el capitán. ¿Él también está en algún lugar del metro retenido por esta inteligencia?

—Así es, en alguna de las 302 estaciones de toda la red del metro de Madrid, está el capitán esperando a ser despertado para la próxima simulación donde desempeñará otro papel y el ciclo se seguirá repitiendo. Esto de contener a los sujetos que mueren hasta la próxima simulación, es algo que nunca había sucedido, Oby está aprendiendo.

—Es mucha información que asimilar.

—Yo te lo dije Alissa, todo este conocimiento de golpe no es recomendable.

—No te preocupes por mí, solo quiero entender. Entonces, según lo que me dices, ¿estás segura de que Mario no está con nosotros?

—Estoy segura, Mario ya no forma parte de los experimentos. Debió ser expulsado de la nave de Oby.

—¿Una nave?, ¿estamos en una nave?

—Así es, probablemente a muchos kilómetros de altura de la tierra. Es la única manera en que no sea detectada durante sus años de estudio.

—Entonces, ¿Mario volvió a su casa?

—No lo creo —prosiguió Enid aclarando su garganta— Oby tiene un protocolo que sigue al pie de la letra y es inquebrantable. Aunque tiene prohibido matar a cualquiera que forme parte de este experimento y a cualquier humano en general y más bien debe preservar su vida la mayor cantidad de tiempo posible, tampoco va a arriesgarse a que una persona vuelva a la tierra y cuente todo lo que ha pasado.

—¿Y qué crees que hizo ese tal Oby con Mario?

—Pues muy probablemente lo devolvió a la tierra, pero hace muchos años atrás. Esta nave vaga por el tiempo a su antojo, así que pudo haber viajado muchos años en el pasado y dejar a Mario en cualquier lugar del planeta sin peligro de que este experimento sea revelado a los humanos. A esta altura puede que Mario tenga mil años muerto en la tierra.

—¡¿Qué?! —el semblante de Alissa se mostró turbio al enterarse de que su exnovio tal vez ya había muerto hace mucho tiempo.

Aunque sentía cierta alegría de saber que Mario obtuvo su castigo, no podía dejar de sentir lástima por él y eso le daba más rabia que satisfacción.

—¿Por qué fue expulsado Mario?

—Ok, mira. Anteriormente me has preguntado quién hizo esto y porque, brevemente te lo voy a explicar y te diré por qué Mario fue expulsado.

—Bueno, vale, soy toda oídos —dijo Alissa bajando del escalón y sentándose a la altura de Enid para estar más cerca de ella.

—Avaricia, soberbia, lujuria, gula, ira, envidia y pereza. ¿Te suena?

—Pues claro, son los siete pecados capitales, ¿no?

—Exacto, pero no son solo pecados, en el futuro se descubrió que eran el motivo de la extinción de las civilizaciones y el motivo por el que va a perecer la última de las civilizaciones humanas.

—¡No puede ser! —agregó Alissa llevándose la mano a su boca— ¿quieres decir que la raza humana tiene fecha de vencimiento?

—Exactamente, de tu época son algunos cientos de años después. La raza humana conoce al último ser humano en expirar el último aliento de la humanidad y eso es lo que quieren evitar con este experimento.

—Vale lo entiendo, pero entonces esto y toda esta simulación, ¿tiene un fin humanitario?

Enid por un momento estuvo en silencio asimilando la respuesta de Alissa.

—Depende de donde lo veas, Ali. Para quienes crearon el experimento es un fin humanitario, para alguien como Miguel es un castigo peor que la muerte. Ya has visto lo que él ha sufrido y lo que tus conocidos han tenido que vivir, ¿crees que vale la pena?

Alissa se puso de pie lentamente sin contestar la pregunta de Enid, bajó dos escalones más y se recostó en la baranda de metal que separaba el monumento del lago.

—¿Entonces qué le sucedió a Mario? —preguntó Alissa dejando la pregunta de Enid en el aire.

A Enid le causó disgusto no saber si Alissa entendía la gravedad del asunto y lo que implicaba sacrificar la vida de algunos humanos, pero no la quiso presionar así que prosiguió:

—Todos ustedes están aquí para ser estudiados por uno de esos pecados. Cada uno en cada simulación termina siendo seducido por cualquiera de los siete. Farith por ejemplo era soberbio y creía que podía manejar todo a su manera. ¿Recuerdas a Esther?, ¿su concubina?

—Claro que me acuerdo de esa puta —contestó Alissa con desprecio.

—Tú lo has dicho Ali, una mujer hermosa pero lujuriosa. Escoge a cualquiera y en algún momento tendrás algún pecado más presente en él que en los demás.

—¿Incluso yo?

—Incluso tú.

—¿Y Francisco?

—Francisco es una persona increíble, tiene buenas ideas, las mejores han salido de su cabeza, es tranquilo, cariñoso, cuida a los suyos y es buena persona.

—Exacto Enid, ¿a qué pecado puede ceder una persona como Francisco?

—¿Por qué Fran nunca ha sido líder? —preguntó Enid.

—Pues no lo sé, a lo mejor no quiere echarse ese cargo encima. ¿Qué sé yo?, de seguro le da… —Alissa hizo una pequeña pausa— ¡aaahhh!, lo entiendo, pereza.

—Todos somos víctimas de algún pecado en algún momento. Excepto algunos como Mario, que son víctimas de todos los pecados.

—¡¿De todos?!

—¿Te sorprende?, su avaricia por querer ser el líder de El Retiro, su soberbia por querer tener siempre la razón y demostrar que está para cuidarlos, su lujuria con Esther.

—¡Uy ni me lo recuerdes!

—¿Sigo, Ali?

—No, no, lo entiendo. ¿Entonces por eso fue expulsado?

—Tengo que agregar, que nosotros tuvimos mucho que ver.

—¿Vosotros?, ¿te refieres a vos y a Miguel?

—Así es, nosotros movimos algunos hilos para que Mario cayera en esos pecados.

Alissa dejó la baranda de metal donde se encontraba recostada y se acercó a Enid con sus mejillas sonrojadas de la ira que subía por ella.

—¡¿Quieres decir que vosotros lo habéis inducido a su expulsión?, ¿por vuestra culpa hizo lo que hizo?! —preguntó Alissa molesta acercando su rostro hasta el de Enid.

—No Ali, no es así —contestó Enid sintiéndose amenazada—. Nosotros pusimos las situaciones, quien decidió pecar fue Mario. Miguel le recordó parte de la historia de su vida real con una propia y comenzó a sentir ira; le enviamos un mensaje pidiéndole que viniese a Madrid y el decidió que podía ser líder de todo esto; Miguel le hizo llegar a una fiesta donde se encontró Esther y Mario decidió follársela. Nosotros no hicimos nada Ali, fue Mario quien decidió por él mismo.

Alissa no estaba del todo convencida, pero se alejó de Enid lentamente. Sea como sea y por más que lo hubieran incitado, Enid tenía razón, la decisión siempre fue de Mario desde un principio. Aunque le daba rabia, aceptaba que se había metido con un hijo de puta.

—Entonces por eso, ¿Oby decidió deshacerse de Mario? —preguntó Alissa.

—Nosotros necesitábamos que Mario despertara o que Oby lo sacara de la simulación. Esta no es la primera simulación que Mario casi destruye en su totalidad por sus impulsos.

—¿De verdad no es el primero?, si es que es hijo de puta.

—Sucedió las otras veces que Mario al cometer sus atrocidades y ceder a los siete pecados, era retirado de la simulación por Oby, pero luego volvía a entrar como un carácter irreconocible para los demás, pero a Miguel y a mí no nos podía engañar, era él, aunque nunca recordaba ya haber estado ahí. ¿Pero sabes que si recordaba, Ali?

—¿Que acaso él...?

—¡Exacto! —respondió Enid poniéndose de pie inmediatamente para estar a la altura de Alissa—, él soñaba. Para los demás era un loco, para nosotros era el más cuerdo de todos y quien de verdad recordaba su pasado en sueños.

—Ahora que lo dices, Mario en algún momento me habló de algunos sueños extraños que tuvo en el aeropuerto. Al parecer lo tenían muy trastornado.

—Exacto, de alguna manera cada vez que Oby lo sacaba del sistema y formateaba su mente, este recordaba más y más de la realidad. Pensamos que podríamos seguir un par de veces más, destruyendo un par de mundos y él sería completamente consciente de su vida real, así idearíamos un plan para sabotear la nave. Cada vez que Mario era expulsado por Oby, volvía a despertar en la nave, incluso vagaba por ahí hasta que Oby volvía a dormirlo. Pensamos que, en algún despertar de él, podríamos utilizarlo a nuestro favor, pero sucedió lo que sucedió y ahora Mario no está con nosotros. Por eso estoy apostando todo por ti Ali, por eso voy a hacer mi última movida contigo.

—Tu última movida, ¿a qué te refieres?

—Que el futuro del planeta va a quedar en tus manos, Ali.

—No te entiendo.

—Y no hace falta que lo entiendas. Cuando sea el momento exacto, lo comprenderás todo y no habrá vacíos en tu mente. He estado pensando por mucho tiempo en intentar algo y creo que eres la más apropiada. Solo confía en mí, ¿vale? Por el momento, ¿tienes alguna otra pregunta que pueda contestar?

Alissa no estaba muy convencida de todo lo que le contaba Enid, incluso estaba insegura por no querer contarle cuál sería su último movimiento, pero viendo en la situación en la que se encontraba, estaba dispuesta a arriesgarlo todo y ponerlo en manos de quien parecía entender lo que sucedía aquí. De nuevo pondría toda su confianza en una persona, y esperaba que esta vez no la fueran a traicionar. Ali un poco colapsada por tanta información, pero serena, agregó:

—Si Enid, una última pregunta.

—Dale, que no hay problema.

—Cuando nosotros llegamos a la comunidad de Farith y él nos recibió, nos dijo que ya tenía aquí más de mil días, ¿es eso cierto?

—Así es mi niña, es parte de las pruebas que debe realizar Oby para su investigación. No es factible que todos los sujetos ingresen a la simulación al mismo tiempo, algunos deben ser más experimentados que otros, para variar las mediciones. Si todos aparecieran en el mismo momento, en el mismo lugar y en las mismas condiciones; seguramente actuarían de manera muy similar y no habría mucho que investigar.

—Ah lo entiendo, ¿y de verdad todos venimos de distintas épocas?

—Es muy difícil, incluso para una tecnología tan avanzada como Oby, hacerlos entender algo que no es de su época. Por ejemplo, sería muy difícil implantar en vos conocimientos como inteligencia artificial, cuando no te has criado con ella. Es por eso por lo que Oby no puede incluir sus vidas anteriores a una simulación. Algunas cosas básicas que recuerdas como tu fecha de nacimiento, lugares donde vives o el último año en que estuviste en la tierra, son recuerdos propios, pero otros como tu familia, amigos, vecinos, incluso trabajo, son creaciones de Oby. Es por eso por lo que la simulación no mezcla seres humanos con muchos años de diferencia, puesto que la manera de pensar sería muy diferente. Aquí el sujeto de estudio más antiguo era Esther, que provenía de los años cuarenta.

—¡No lo puedo creer!, pero es cierto, ahora que lo dices, en algún momento Farith hizo mención de que esa chica era de los años cuarenta. Eso quiere decir que…

Del rostro de Alissa apareció una enorme sonrisa de satisfacción.

—Así que es una anciana —dijo Alissa con una leve carcajada—. Espero que el maldito de Mario se haya dado cuenta.

En el rostro de Enid se mostró una leve sonrisa comprendiendo lo que sucedía. Seguidamente preguntó:

—¿Algo más, Ali?

—Aún tengo muchas, pero ya estoy agotada, siento que todo lo que dormí durante el día no sirvió de nada y mi cabeza está que explota de tanta información. Iré a buscar a Fran mejor, no es buena idea que esté solo por ahí.

—Anda y ayúdalo. Ese grandote lo que tiene es miedo de estar solo, lo ha estado por mucho tiempo.

A Alissa le intrigaron las palabras de Enid, pero no hizo caso alguno. Rápidamente tomó dirección hacia donde se fue Francisco y Enid se fue hacia el lado contrario.

—¡Los espero en el almacén Ali, hay mucho que hacer allá! —le gritó Enid desde la distancia.

—¡Vale, ahí nos vemos! Y… —Alissa hizo una pequeña pausa a la distancia— gracias —dijo susurrando sin ser escuchada por Enid quien siguió alejándose.

Alissa caminó unos metros por la orilla del lago y desde la distancia divisó a Francisco, sentado cerca del borde, arrojando unas pequeñas piedras al lago que formaban ondas que se expandían por metros. Francisco se percató de que Alissa se iba acercando, pero ni siquiera volteó a mirar.

—Pensé que me habías dejado sola —le dijo Alissa ya al lado de Fran contemplándolo sentado en el césped.

Francisco solo movió la cabeza de un lado al otro negándolo.

—Vamos —agregó Alissa pasando frente a él y caminando por un pasillo de tablillas que se adentraba en el lago, con pequeñas embarcaciones celestes con su interior blanco y números en la parte trasera.

Francisco no tenía mucho ánimo de subir, pero se puso de pie y se acercó a Alissa quien esperaba pacientemente en el bote con el número 31. Alissa lo desató del embarcadero y tomó dos pequeños remos de madera, los cuales inmediatamente le fueron arrebatados por Francisco quien empujó con uno de los remos el bote de la orilla, adentrándose en el lago.

—¿Adónde? —preguntó bruscamente.

Alissa esbozó una pequeña sonrisa y señaló el centro del lago. Francisco sin decir ninguna palabra se puso en marcha remando con sus grandes brazos hasta llegar donde anteriormente iluminaba la luz de la luna, que ya se encontraba totalmente despejada y puso los remos en el interior de la embarcación.

Por un momento ambos estuvieron en silencio admirando el sereno lago. Alissa con su rostro pasivo contemplaba la luz de la luna, mientras Francisco con su mirada tosca veía hacia un lado mirando el mismo reflejo de la luna en el agua.

—¿Sabes qué es lo bonito de que me convierta en un fantasma como Miguel? —preguntó Alissa rompiendo el silencio.

—Eso no tiene gracia —contestó Francisco lanzándole una mirada fría y resentida.

—Lo bonito de eso, sería que no me olvidaría de ti nunca.

Esas palabras calaron en lo más profundo de Francisco, bombeando desde su corazón una enorme lágrima que salió de su ojo y él mismo limpió inmediatamente creyendo que Alissa no lo había visto.

—Te imaginas —prosiguió Alissa— ¿la cantidad de veces que hemos sido amigos y no lo recordamos, Fran? No tengo idea de las otras veces en que te preocupaste por mí, o si fuiste ese gran amigo que hoy tengo a mi lado, pero si me llegara a pasar lo de Miguel, sería una recompensa no volver a olvidarte jamás y recordarte por el resto de esta y las otras vidas que nos toquen.

Francisco volteó su mirada con sus ojos llenos de lágrimas y dejó ir su gran cabeza sobre las piernas de Alissa que estaba sentada en un madero del bote; llorando desconsoladamente. Alissa se dedicó a abrazar su gran y esponjosa cabeza y al cabo de unos minutos, ya más sereno después de haber desahogado su frustración, Francisco balbuceó:

—No te quiero perder Ali, no quiero perder otro amigo más.

—Y precisamente por eso debo hacerlo, no es justo para ti, ni para mí, ni para el resto de personas que están fuera de este lago luchando por sus vidas, luchando contra esos mutados, sintiendo el dolor y la muerte, una y otra vez por años y años. No es justo que tengas que seguir perdiendo amigos el resto de esta y otras vidas, esto que voy a hacer, también lo hago por ti, porque te quiero.

—Yo también te quiero —contestó Francisco sollozando y empapando en lágrimas las piernas de Ali.

Luego de unos minutos de silencio Francisco dejó de llorar y se quedó dormido sobre su amiga, arrullado por el vaivén del bote en el calmo lago, sintiendo el cariño y la ternura que le demostraba Ali cada vez que estaba a su lado, esa ternura del que ese enorme e imponente hombre; siempre había carecido.

Capítulo XI: El oasis citadino

El cálido y hermoso momento fue interrumpido por el sonido de un fuerte ronquido a los pies de Alissa. Esta no pudo contener la risa que rápidamente se extendió por todo el gran lago.

—¡¿Ah?!, ¡¿qué pasó?! —exclamó Francisco levantándose de un salto y tambaleando el bote bruscamente.

La burla de Alissa quedó opacada por un fuerte y corto grito de miedo al sentir que el bote se iba de lado, pero rápidamente volvió a las carcajadas ahora por su grito de paranoia.

Francisco no entendía muy bien, pero no pudo soportar mirar el rostro de Alissa con sus grandes carcajadas de dientes blancos, siendo iluminados por la luz de la luna, como una fila de luciérnagas; y comenzó a reír al punto que los dos terminaron agarrando su estómago para contenerse. En un momento de tranquilidad donde apenas salían los últimos rezagos de alegría, Francisco preguntó:

—¿De qué reímos?

Alissa con una sonrisa de oreja a oreja sólo contestó:

—Si te cuento ya no tiene gracia, Fran. Vamos que nos deben de estar esperando.

Francisco tomó los remos y se puso en marcha para llegar a la orilla del embarcadero y dejar el bote en su lugar. Los dos bajaron de la embarcación y caminaron hacia el almacén. Ya en el lugar no había personas en la entrada principal. Adentro se encontraba Enid con algunos guardias revisando algunas cajas, con un almacén con muy poco inventario, mucho menos al que se estaba acostumbrado a ver.

Enid fue a recibirlos y rápidamente les indicó qué labores le tocaba a cada uno. Así pasaron parte de la noche, hasta entrada la madrugada. Luego de todo el trabajo acomodaron unos edredones en el suelo y ambos compañeros cayeron dormidos. Alissa abrazaba fuertemente el gran cuerpo de Fran, que recién comenzaba su concierto de ronquidos al que ya Ali estaba bastante acostumbrada y más aún, le daba hasta cierta tranquilidad.

El resto de El Retiro permanecía en silencio, un silencio lúgubre y absoluto. Ya ni el sonido de la lluvia los acompañaba y solo la luna hacía presencia de vez en cuando, iluminando aquel cementerio vacío, aquel Palacio de Cristal sin cristales; y aquel lago de lágrimas, que fue testigo del perdón y la amistad.

A la mañana siguiente el sonido de algunas personas despertando, caminando de un lado al otro y los tenues rayos del sol que se abrían paso por las tablas que cubrían desde su interior las ventanas del almacén; fueron suficientes para espantar el sueño de Alissa, quien seguía aferrada a Francisco como una niña con su gran oso de peluche. Ali dio un par de pequeños golpes a la mejilla de Francisco para que despertara y este abrió los ojos de inmediato.

—Buenos días, dormilón —agregó Alissa saludando—. Vamos que hoy tenemos mucho por delante.

Francisco no respondió al saludo, solamente irguió su cuerpo con sus ojos achinados y acompañado de un gran bostezo.

La mayoría de los oficiales que se levantaban salían de inmediato a disfrutar del gran banquete de desayuno que les esperaba. Por orden de Enid, ese día iban a preparar y servir los mejores panes que quedaran y no escatimarían en gastos.

Ali y Fran hicieron lo mismo que los demás, se pusieron de pie, amarraron sus botas y se dirigieron hacia el pequeño comedor comunal, donde la mayoría de los habitantes de El Retiro, ya se encontraban tomando sus asientos para disfrutar del gran banquete que les esperaba. Alissa y Francisco se acomodaron junto con los demás.

Luego de unos minutos, apareció Enid con su comitiva de oficiales en el lugar, cargando una bolsa de tela y con una gran sonrisa en su rostro. Se puso de pie sobre una de las mesas y comenzó su discurso, mientras los asistentes de cocina repartían sobre las mesas grandes tazones de diferentes tipos de panes y recetas españolas, con dos o tres tipos de jaleas y pequeñas bandejas empacadas de mantequilla.

—¡Señoras, señores y presentes! Este es un día clave para nosotros —empezó Enid su discurso en un extremo de la mesa.

Estaba vestida con unas grandes botas negras que llegaban casi hasta su rodilla, una chamarra verde con parches militares y una boina café, con su cabello recogido. Era toda una líder de la resistencia. Enid proseguía:

—Hoy haremos algo impensable, nos meteremos en la boca del león y saldremos victoriosos. Hoy rescataremos a varios de los nuestros, pero como les he explicado anteriormente, para eso necesitamos dejar este hermoso paraíso, por algunos días.

Un hombre de unos cincuenta años levantó su mano pidiendo la palabra.

—A ver don Ezequiel, ¿quiere agregar algo? —preguntó Enid cálidamente.

—Sí, jefa. Aún tenemos algunas dudas. Con respecto a la reunión que tuvimos ayer con su persona y los oficiales.

—Claro don Ezequiel, lo que guste aquí lo aclaramos.

—Gracias, gracias —agregó el anciano aclarando un poco su garganta—. Entendemos vuestro plan, de traer a esos monstruos a nuestra comunidad mientras no haya nadie para entretenerlos y llevar a cabo la misión, sin embargo, mirad alrededor —el anciano levantaba las manos señalando las mesas llenas de alimentos, panes, vinos, zumos— ¿esto acaso no es un despilfarro de comida mi señora?, si vamos a volver, ¿no deberíamos tener más cuidado con nuestras raciones?

El anciano tenía razón y Ali no lo había notado. Esto parecía más una última cena que un desayuno, así que esperó la respuesta de Enid. Ella con una leve sonrisa en su rostro contestó:

—Pues os tengo una hermosa noticia mis señores —dijo metiendo la mano a su bolsa de ceda y sacando dos bolsas de color crema, con rayas verdes poco visibles para la gran mayoría—. ¿Sabéis qué es esto? —preguntó.

Los asistentes volteaban a mirar de un lado a otro, esperando quien diera con una respuesta acertada, pero nadie levantaba la mano ni contestaba su pregunta.

—Esto mis queridos habitantes de la comunidad, es un gran secreto de su antiguo líder Farith. Esto es nada más y nada menos que café y un café de gran calidad —unos a otros se miraron alegres, incluso a punto casi de brincar de sus sillas, ya que muchos de los asistentes tenían años de no probar una taza de café—. Hemos encontrado a las afueras de El Retiro, un almacén tres veces más grande y surtido que el que tenemos aquí adentro, así que cuando volvamos, no solo vendremos con más sobrevivientes, sino con mucha más variedad de alimentos y lo necesario para una mejor sobrevivencia.

Alissa prestaba atención intrigada a las palabras de Enid, le parecía muy extraño que ese almacén en realidad existiera. Pero ya se estaba acostumbrando a sus misterios y, por otro lado, entendía que debía mantenerlos contentos y tranquilos. Con el tema del café y del gran almacén, la motivación de los presentes estaba a tope. Alissa lo único que se preguntaba, era ¿cómo saldría Enid de esta cuando tuviese que volver a El Retiro con una muy limitada cantidad de raciones? El rostro de Alissa cambió de repente y su intriga cambió a pánico con otra fugaz idea que pasó por su mente. «O es que acaso, ¿no volveríamos de nuevo a El Retiro?»

Esta simple pregunta llenaba de terror a Alissa quien cada vez tenía más interrogantes que respuestas por culpa de Enid y sus intrínsecos planes. Sea como sea, no era momento para encararla. Ya tendría su oportunidad. Enid prosiguió:

—Señores, salimos a las 11:00 a.m. en punto, vamos en grupo. Ya tenemos ubicado un edificio en el cual nos acomodaremos, buscaremos un lugar en cada cuarto para las familias, mantendremos el silencio por la noche por más que escuchemos ruido afuera, y por favor nada de luces y los niños dormidos antes de las 9:00 p.m., ¿vale?

Esas fueron a grandes rasgos sus indicaciones. Seguido sirvieron las sabrosas tazas de café hirviendo, que hacían las delicias de todos los presentes. Incluso a Francisco le brillaban los ojos y los cerraba con cada sorbo.

Alissa, por su parte, parecía que nada la impresionaba. Miraba esa taza de líquido oscuro con recelo, incluso hasta con asco, a pesar de que varias veces le comentó a Francisco y a Mario lo que deseaba una de esa calidad en el desayuno, harta del zumo y el té. Francisco se dio cuenta del estado de su amiga y preguntó:

—¿Te sientes bien? o ¿acaso es que lo estás rindiendo?

Alissa miró a Fran con su serio rostro y agregó susurrando:

—Ahora que sé que todo es una ilusión, no me causa mucha gracia todo esto. A pesar de los sabores que siente mi lengua y la sensación que provoca en mis manos, me parece tan falso todo.

—Te entiendo, para mí también es muy difícil diferenciar lo real de lo falso, pero al menos la sensación que me produce todo este manjar al lado de esta sabrosa taza de café, me da mucha satisfacción y la estoy disfrutando.

—Te envidio —contestó Alissa.

Aun así, Ali comió lo más que pudo, se sació y bebió aquella sabrosa taza de café, fuera falsa o verdadera.

Rápidamente llegó la hora de marchar. Ya la mayoría estaban satisfechos a más no poder y tenían sus pertenencias listas a su lado. Enid se subió sobre una mesa, con una gran mochila a su espalda y agregó:

—¡¿Lista mi querida comunidad?! ¡Vamos a salir todos juntos, por favor sigan a los oficiales que van a encaminar la caravana!

Varios oficiales encabezados por Miguel comenzaron a gritar dirigiendo a los demás.

—¡Vamos por aquí!

—¡Adelante! ¡No se separen!

—¡Si ven algo sospechoso, nos lo hacen saber!

Gritaban los oficiales.

Y emprendieron el viaje rumbo a la puerta noroeste, que da a la Puerta de Alcalá. Alissa y Francisco iban rezagados en los últimos lugares de las aproximadamente setenta personas que formaban lo que quedaba de aquel imperio que conocieron. Iban en silencio, sin intercambiar muchas palabras. El Retiro seguía teniendo aquel hermoso encanto del primer día, con sus pequeñas estancias de árboles, teñidos de hermosos colores pasteles que brotaban de las más bellas flores que podía pintar la primavera. El calor del sol no solo calentaba, sino que abrigaba la piel, como una pequeña caricia a millones de kilómetros. A pesar de lo que Alissa ya sabía, no dejaba de maravillarse del hermoso paisaje que la rodeaba, los senderos, el lago en el que ahora el astro mayor era quien reflejaba su luz; los caminos de piedra rodeados de verdes arbustos con pequeñas flores de colores; todo era pintoresco y hermoso. Madrid es uno de los pocos sitios del mundo, que tiene un oasis tan hermoso y lleno de vida en su corazón.

Rápidamente llegaron a la salida, aquella por donde Francisco, Mario y Ali ingresaron por primera vez a este bello parque, escoltados y apuntados por dos oficiales. «Qué recibimiento», pensaba Alissa, mientras una pequeña sonrisa se pintaba en su rostro.

Ya fuera de El Retiro y mirando desde la acera exterior siendo de los últimos en salir, Alissa volteo a mirar aquella enorme compuerta de cuatro columnas, ángeles y portones negros a cada lado. Le invadía la tristeza al ver ese majestuoso lugar y tenía un presentimiento de que sería la última vez que pasaría por esos portones. Con una sonrisa teñida por una lágrima y con el brazo de Francisco abrazando sus hombros, se despidió por última vez del parque El Retiro, dando media vuelta y sintiendo que habían ultrajado con sangre y traición; ese hermoso oasis citadino.

172

Capítulo XII: Madrid

Minutos después de dejar atrás las puertas de El Retiro y pasando al lado de la imponente puerta de Alcalá, el grupo tomó rumbo hacia el oeste, bajando por una amplia calle de pavimento, rodeada de hermosos árboles verdes a cada lado. La gran calle estaba dividida por una pequeña fila de césped verde, de menos de un metro de grosor, por el que los más pequeños subían y bajaban, jugando mientras se dirigían a su destino. El horizonte era opacado por los altos, pero bien preservados edificios antiguos, que se levantaban no más de cuatro o cinco pisos.

Luego de unos minutos, doscientos metros después nos recibía una doncella en su carruaje, jalada por dos imponentes leones, la gran fuente de Cibeles. Los pasantes no se hacían de la vista gorda ante semejante escultura de la diosa, la cual simulaba ignorar aquella peregrinación mientras solo uno de los leones veía fijamente el paso de los transeúntes.

La comunidad seguía el camino que les indicaba Miguel y los oficiales, mientras rezagados venían Francisco, Enid y Alissa; con un par más de oficiales armados, todos en silencio.

Para Alissa seguía siendo complicado ver las cosas con los mismos ojos de siempre. Por un lado, apreciaba las hermosas vistas que le mostraba esta simulación, los detalles en el monumento de Cibeles, la imponencia de la Puerta de Alcalá, los altos muros divididos por balcones que daban una hermosa vista a la Gran Vía madrileña; pero por otro lado se sentía engañada, sentía que detrás de esos hermosos muros, todo era una vaga y vacía ilusión.

Ya la mente de Alissa comenzaba a divagar entre realismos y falsedades, cuando al final de la carretera que se cerró en una más pequeña, se abría paso una gran plaza, en la l que a un costado se encontraba una gran estructura formada por dos óvalos de vidrio y metal, con un gran camión atravesado al frente a la altura de las compuertas cubriendo su fachada. Al lado en bronce, un árbol siendo devorado por un oso, adornaba el paisaje. La caravana de personas pasó de lado sin prestar atención a la estación, pero Alissa, Francisco y Enid no pudieron pasar indiferentes.

—¿Es ahí? —preguntó Alissa sin voltear a mirar a nadie en específico.

—Ahí es, mi niña —contestó Enid, tirando su respuesta también al aire.

Por un momento los tres se quedaron contemplando, lo que sería su última misión y la más peligrosa de todas. A Alissa se le aceleraba el corazón de solo pensar en las repercusiones que tendría esta intromisión a la estación *Sol* y lo que traería para el futuro de la mayoría de los presentes, los que tuviesen una conciencia en el mundo real. «¿Estaría haciendo bien?, ¿salvaría a quienes formen parte del experimento?, ¿terminaría al lado de Miguel viendo morir a mis amigos una y otra vez?» eran muchas preguntas las que pasaban por la mente de Alissa y le quitaban la paz, pero fuera lo que fuera, estaba dispuesta a sacar a Oneill de esa estación. Daría su propia vida por volver a ver una vez más a aquel hombre a quien aprendió a amar en sueños.

Miguel se detuvo a unos metros en el centro de la plaza y señaló, mirando a Enid; un edificio alto, de unos cinco pisos con un gran rótulo sobre él que llevaba el nombre de "TÍO PEPE".

Tenía ocho ventanales por piso con balcones que daban a la plaza. Directamente tenían una vista a las dos entradas que tenía la estación *Sol*, una que bajaba unas gradas bajo tierra y otra al otro costado de la plaza, la de los óvalos de metal. Enid se adelantó, pasó por entre la pequeña multitud y se puso frente a ellos. Desde la posición de Alissa y Francisco no se veía muy bien, Enid era una persona pequeña; pero se escuchaba por todo alrededor de la plaza.

—Mi querida gente, mi querida comunidad y espero que mi última comunidad —comenzó su discurso Enid mientras la mayoría se volteaban a mirar intrigados sin comprender a qué se refería con última comunidad—. Ya la mayoría tenéis los roles definidos, ya todos sabéis qué deben hacer. Subid a aquel edificio, los oficiales os ayudarán a forzar la cerradura principal. Cada uno de vosotros buscad donde acomodaros para pasar la noche, comed durante el día y alimentaos bien, cansad a esos niños, que a las 2100 horas deben de estar bien dormidos y en completo silencio, los demás sabéis vuestra función principal. Al ser las 2130 horas, daremos inicio a la operación, confiad en nosotros, y nuestro mundo será un mundo mejor.

El silencio se hizo presente, no hubo gritos de victoria, ni celebraciones, no hubo risas y rápidamente la multitud siguió al oficial quien ayudaría a forzar la entrada del edificio Tío Pepe.

Aún no eran las doce medio día y tenían hasta las nueve y treinta de la noche para dar inicio al plan de rescate de Oneill.

—¡Vamos Fran! —agregó Alissa sin voltear siquiera a ver el edificio donde se hospedarían.

—¿No vamos a ir con ellos? —preguntó Francisco intrigado.

—No, vamos a dar un tour por Madrid, ¿te parece?

Francisco no entendía muy bien la serenidad con la que insinuaba su amiga ir de paseo con tremendo día que les esperaba por delante, pero decidió acompañarla, no permitiría a Alissa caminar sola por Madrid esperando a que la encontrara otro culto de salvajes como el de Limbo.

—Ok, te acompaño, pero… —contestó Francisco sin terminar su frase y dirigiéndose a Enid quien guiaba al grupo hacia el edificio.

Luego de cruzar algunas palabras con Enid, se devolvió con dos revólveres y seis balas para cada uno, cargó ambos y dio uno a Alissa para que lo guardara en su mochila.

—Nos iremos adonde quieras, pero nos iremos armados —contestó Francisco serio.

Alissa tenía una gran sonrisa que se reflejaba en su mirada al ver que su amigo le había hecho caso y echó a correr.

—¡Vamos Fran! —gritó ya a unos metros de distancia.

—¡Espera, no corras! —gritaba Francisco detrás de ella.

Luego de unos minutos entraron a otra gran plaza rodeada por un edificio rojizo de unos cuatro pisos de altura. Alissa parecía una niña mirando hacia todos lados.

—Vamos por aquí —le indicó apenas Francisco entró a la plaza jadeando de cansancio.

—Pero ¿por qué corremos? —decía Fran casi renegando.

Alissa leía todos los rótulos de los establecimientos alrededor de la plaza hasta encontrar uno con una cortina de metal, cerrada con un gran candado. Tomó el revólver, jaló el martillo y descargó una bala sin pensarlo, que dio directamente en el candado, sin dar tiempo a Francisco para detenerla. Toda la plaza retumbó con el eco del disparo que se seguía repitiendo una y otra vez hasta el cansancio, mientras Alissa seguía con una sonrisa enorme en su cara. Con cuidado quitó el candado y levantó la cortina.

Era un bar de tapas con sillas sobre las mesas, como si la noche anterior hubiese quedado acomodado para abrir al día siguiente. Ali entró rápidamente y tomó un par de cervezas empolvadas y a temperatura ambiente. Francisco solo la veía sin entender qué le sucedía a esta chica. Alissa salió con las dos cervezas y las puso afuera, se devolvió y salió cargando dos sillas.

—Saca una mesa de esas, Fran —le indicó.

A lo que Francisco sin chistar le siguió la corriente y sacó una mesa que tenía en su centro una gran sombrilla recogida.

Alissa le pidió que la dejara bajo el candente sol. Abrieron la gran carpa que daba sombra a toda la mesa y pusieron ambas sillas a los lados.

Ali se quitó su mochila, la puso a un lado, tomó una cerveza y le colocó la chapa al filo de la mesa. Asestando un fuerte golpe sobre la misma, le quitó la chapa que quedó sobre la mesa y le extendió la mano con la cerveza destapada a Fran, quien la recibió aún con cara de asombro. Hizo lo mismo con la segunda cerveza mientras Francisco se desprendía de la mochila y también tomaba asiento. Cuando ya estuvo cómodo miró a Ali, quien tenía su cerveza levantada frente a él. Francisco rápidamente golpeó la suya con la de ella, provocando un pequeño chasquido que se escuchó por toda la plaza. Alissa apuró un gran sobro que bajó casi hasta la mitad el contenido de la botella, seguido de un pequeño eructo que trató de contener con sus manos, mirando alrededor toda la gran y vacía plaza.

Francisco hizo lo mismo, con un poco menos de satisfacción, pero trató de disfrutarlo igualmente, aunque aún estaba bastante tenso por el ruido del disparo de Alissa.

—¿Sabes? —agregó Alissa luego de un momento de contemplación—. No me importa si todo esto es falso, si nada existe y solo estamos en una simulación.

—¿Ah sí? —contestó Fran un poco intrigado y volteándose para prestar atención.

—Esta maldita cerveza sabe bastante bien y es lo único que importa.

«¿Todo por una cerveza?», se preguntaba Francisco y antes de que comenzara a reclamar que todo esto lo estaba haciendo por una bebida y encima caliente; Alissa prosiguió interrumpiendo sus pensamientos:

—Si de algo estoy segura, es que tú y yo somos reales. Hay algunos aquí que no lo son, o ya murieron, algo así me explicó Enid, no recuerdo muy bien; pero tú y yo Fran, estamos aquí en realidad. Aunque esto sea una simulación y estemos dormidos en algún lugar lejano, tu mente y la mía tienen una gran amistad y están disfrutando de una cerveza en la Plaza Mayor de España. ¿No te parece suficiente motivo para estar feliz? —preguntó Alissa con una gran sonrisa en su rostro buscando la mirada de Francisco.

Francisco luego de un momento mirando fijamente a Ali, levantó la mitad de su cerveza e insinuó otro brindis. Alissa chocó la suya y Francisco contestó:

—Por los verdaderos amigos, en los falsos mundos.

—Por los verdaderos amigos, en los falsos mundos —contestó Alissa

Y sin quitar la mirada uno del otro, ambos bebieron de un trago lo que les quedaba de cerveza, Alissa tosiendo el último sorbo y tirándolo sobre Francisco con una gran carcajada, mientras el otro intentaba sin lograrlo, evitar quedar bañado de babas y cerveza caliente.

Alissa, cuando logró contener su risa, se puso de pie y sacó otras dos cervezas, abriéndolas de la misma manera, golpeando su chapa contra la mesa. Seguían mirando alrededor de la vacía plaza, donde solo un monumento de un tipo sobre un caballo los acompañaba.

—¿Sabes quién es? —preguntó Ali por hacer conversación sin saber que eso se convertiría en una lucha campal.

—Un ladrón —contestó Francisco.

—¡¿Qué?! —preguntó Alissa indignada reclinándose sobre la mesa.

—Es un rey, ¿no?

—Si, es Felipe III —contestó Alissa.

—Por eso. Todos los reyes de España son ladrones habernos robado nuestro oro.

—¡Aaaaahhh! vale, vale, que ahora comprendo. Algunas veces olvido que eres latino y como buen latino, reclama siempre su oro que robaron, claro.

—¡Ah!, ¿y te parece poco? —preguntó Francisco siendo ahora él quien se reclinaba sobre la mesa.

—A ver compruébalo.

—Pues con mucho gusto —agregó Francisco tomando su mochila y rápidamente sacando de él un trozo de papel doblado

Lo extendió sobre la gran mesa y los ojos de Alissa se abrieron de sorpresa.

Era el mapa que tenía escritas las estaciones del metro, un mapa enorme, pero muy completo con las principales atracciones de Madrid.

Francisco le echaba una ojeada mirando todos los rincones del mapa. Volteaba a mirar a su alrededor y seguía mirando el trozo de papel, hasta que agregó:

—¡Lo tengo, vamos!

Tomó el mapa, lo volvió a doblar, lo metió en su mochila, de un trago apuró casi completa la cerveza, la puso en la mesa y comenzó a caminar cruzando la plaza.

Alissa solo lo miraba curiosa y con una gran sonrisa en su rostro, gritando desde la mesa:

—¡Espera Fran, no he terminado la mía!

—¡¿Y qué?!, ¡¿te multan si la traes?! —respondió este a la distancia.

—¡Ah vale, si seré idiota! —se decía Alissa susurrando, dando un salto de la mesa y corriendo para alcanzar a Fran.

Luego de escasos quince minutos caminando, tomando en cuenta el tiempo que duraron forcejeando la cerradura de la entrada del edificio al que llegaron e intentaban ingresar por decisión de Francisco, le preguntó a Alissa:

—¿Y bien?

Alissa solo miraba perpleja a la altura aquellos acabados dorados en las paredes, sus columnas de marfil y cortinas de terciopelo de varios metros, que colgaban desde el techo. Un enorme candelabro completamente inmóvil ante la inexistente brisa del exterior. Una gran escalera que se dividía en el centro, tomando camino en ambos lados. Y esa era apenas la entrada del hermoso Palacio Real de Madrid, bañado en cualquiera de sus direcciones con un reluciente brillo dorado.

—¿Por qué mierda no vivimos aquí desde un principio? —preguntaba Alissa sin dejar de voltear en todas direcciones.

—No lo sé, pregúntale a Farith cuando lo encontremos —contestó Fran haciendo una leve pausa—. ¿Y bien, no te sigue pareciendo un robo?

Alissa con una sonrisa en su rostro contestó:

—Pues se ve más bonito aquí que enterrado en tu continente, ¿no?

Francisco sonrió y dio un leve golpe en la cabeza de Alissa, sin poder disimular que él también estaba encantado con lo que sus ojos observaban.

—Vamos Ali, este era uno de mis destinos favoritos. Real o no, no cualquiera tiene el privilegio de tocar y pasar por donde se le venga en gana.

Francisco y Alissa duraron casi dos horas, recorriendo todas las habitaciones del gran palacio, sentándose en cuanto trono encontraban, tomando copas, jarrones, platos antiguos y quebrándolos contra las paredes por placer, intentando tocar todos los instrumentos que había bajo vitrinas protegidos por el paso del tiempo. Cada habitación era más ostentosa que la anterior y cada una más divertida que la otra. Incluso tuvieron el tiempo suficiente para ponerse cada uno una antigua armadura de los años 1700 y darse de espadazos arrugando tanto armaduras como espadas con un costo invaluable, aunque nada de esto importaba, para ellos, todo era falso e irreal.

—¡Vamos! —dijo esta vez Alissa luego de echar un vistazo al mapa mientras salía corriendo del palacio, seguida por Francisco.

En las afueras comenzó a buscar entre los autos que veía parqueados. Ingresó a una Mitsubishi gris, que como la gran mayoría tenía las llaves en su compuerta y se dirigieron al norte, con Alissa conduciendo y tomando una y otra carretera sin indicar a Francisco hacia donde se dirigían.

A unos 5 kilómetros de su destino, se detuvo en seco chillando las llantas.

—¡Ahí está! —exclamó mirando a Fran con una enorme sonrisa y saliendo del auto inmediatamente, corriendo hacia el costado derecho por una ruta paralela.

Frente a ella un Ford Mustang rojo, aparcado al lado de la carretera. Alissa jaló la manilla de su compuerta cruzando los dedos y esta se abrió sin ningún problema. Ingresó, se sentó frente al volante y comenzó a buscar en la guantera y para fortuna de ella, un juego de llaves con un caballo de metal se encontraba en su interior.

Tomó las llaves, las puso en el volante y las giró delicadamente, solo para escuchar el rugir de ese imponente motor, que retumbaba sobre las paredes de las estructuras que rodeaban las vacías carreteras.

Francisco, con las mochilas de ambos en sus manos, las tiró en el asiento trasero y se sentó al lado.

—Con cuidado, por favor —dijo mientras su voz era opacada por el rechinar de las llantas.

Luego de varios minutos de correr rozando los cien kilómetros por hora, entre las carcajadas de Alissa y los gritos de pánico de Fran, se asomó a la distancia una enorme estructura grisácea, alta y redondeada. El Santiago Bernabéu era el destino de Alissa. Al mirarlo su pie se puso pesado y a gran velocidad ignorando señalización alguna, comenzó a rodearlo cual torero a su presa, buscando un punto ciego para dar la primera estocada.

—Por ahí —dijo Alissa volteando bruscamente el volante y manejando directo hacia una enorme compuerta de vidrio, cruzándola de lado a lado dejando vidrios por doquier, donde junto con el sonido de los vidrios, solo los gritos de Francisco se escuchaban dentro de la gran estructura.

Alissa seguía conduciendo por los grandes pasillos buscando algo.

—Baja Fran.

—¡¿Qué?! —preguntó extrañado.

—¡Baja y ve a las graderías! —le ordenó Alissa.

Francisco no lo pensó dos veces y bajó de inmediato del Mustang. Alissa volvió a chillar las ruedas sobre el piso y siguió su camino. Francisco por su parte salió a la gradería, admirando la grandeza de aquel estadio, con una hermosa vista panorámica a toda la verde gramilla. Tomó asiento en una de las azules butacas y esperó. El silencio era tal en toda la ciudad, que solo se escuchaba un leve eco del Mustang de Ali chillando sobre el piso del estadio en su interior, hasta que el silencio fue absoluto. Francisco por un momento se aterró, pensando que algo le había sucedido a Alissa, pero luego sucedió lo impensable. Una compuerta enorme, formada por varios asientos a la altura de la gramilla, comenzó a levantarse siendo empujada por dos enormes palancas de metal a cada lado. Francisco estaba maravillado de ver el acceso a la gramilla. Luego una gran sonrisa lo inundó al escuchar como de adentro de la oscura compuerta, rugía con furia el motor del auto. Francisco comenzó a gritar desde la gradería con todas sus fuerzas.

—¡Vamos, vamos Ali, dale!, ¡¡Daleeeee!!

Y disparado de entre las tinieblas salió el Mustang rojo, conducido por su querida amiga a toda velocidad, llegando hasta el otro extremo del estadio en cuestión de segundos y dando la vuelta derrapando y destruyendo todo el césped a su paso. El rastro de las llantas sobre el verde campo era cada vez más notorio desde la gradería, dejando marcas en cada rincón de la cancha, mientras Francisco no paraba de gritar y de alentar a su compañera, quien con una gran sonrisa en su rostro seguía moviendo el volante de un lado a otro.

Luego de varios minutos y un terreno destrozado, Alissa parqueó el auto en la base de un marco, mirando de frente al otro. Gaseaba su auto demostrando el poderío del motor, mientras Francisco con un grito que iba cada vez más en aumento y sus manos levantadas la animaba todo lo que podía. Alissa volteó a mirar a Francisco con una sonrisa desquiciada de oreja a oreja, soltó el embrague y el auto comenzó a tomar velocidad de un extremo a otro, pero no se detenía ni bajaba la velocidad, más bien aceleraba cada vez más. Francisco comenzó a inquietarse al mirar como su amiga no se detenía cuando de un momento a otro, la compuerta del conductor se abrió y sin detener el auto, Alissa salió disparada del asiento, dando varias vueltas sobre el césped marcado con huellas de caucho. El auto siguió a gran velocidad sin detenerse hasta pasar por el marco, llevarse la malla y destruir su trompa con la gradería, dando media vuelta hasta quedar volcado sobre unas diez butacas.

Francisco a la velocidad que pudo bajó corriendo, viendo a la distancia a Alissa inmóvil, con su cuerpo boca arriba tendida sobre la cancha a pocos metros del auto volcado. Francisco solo escuchaba su propio jadeo mientras corría desesperado por el bienestar de su amiga, pero mientras más se acercaba, más evidentes se iban haciendo las carcajadas que brotaban de la boca de Alissa, quien no paraba de reír tendida sobre lo que quedaba de césped, mirando al cielo, con sus ojos empapados en lágrimas de felicidad.

Francisco aliviado se sentó al lado de Ali y de su rostro esbozó una pequeña sonrisa contagiada por su amiga quien disfrutaba como nunca aquel desastre que hizo.

—¿Qué te pareció? —preguntó ella aún con unos leves rezagos de risa en su voz.

—Me parece que estás loca —contestó Fran.

—Pero fue un golazo —contestó Alissa.

—Pero estás loca.

—Pero fue un golazo —volvió a contestar Alissa.

Luego del desastre y después de un buen rato tendidos sobre la cancha del Bernabéu, mirando el azul del cielo, Francisco se puso de pie, ayudó a Alissa a hacer lo mismo y se dirigió al auto.

—¿A dónde vas? —preguntó Alissa.

—A sacar el mapa, que está en la mochila, que está en ese auto volcado —contestó Fran.

Alissa solo sonrió.

Serían alrededor de las 7:00 p.m., luego de que pasaron a comer algo que cargaban en sus mochilas en la recepción del Museo Nacional de Ciencias Naturales, dieron una vuelta por sus salas, destruyeron algún par de cosas, o más bien, Alissa destruyó, mientras Francisco la cuidaba; se dirigieron a mirar el atardecer. Ahí estaban tendidos sobre un muro de concreto, en el Templo de Debod, cerca de la Plaza España, admirando como el sol teñía de naranja la ciudad de Madrid, con aquellos matices amarillentos que se impregnaban en los fríos muros de cada edificación, lista para dar paso a una ciudad más fría, grotesca y hostil, pero aún llena de belleza. Francisco y Alissa estaban cansados, mirando en silencio, pensativos y saciados de sus vacaciones por aquella hermosa ciudad, bebiendo una última cerveza sin enfriar.

—¿Y si es el último atardecer que vemos? —preguntó Ali sin mirar a su acompañante.

Él tomó su enorme mano y la puso sobre el hombro de ella.

—Pues estaré muy feliz de que haya sido contigo —contestó levantando su otra mano con la cerveza y acercándola a ella.

Alissa le respondió chocando su botella mientras seguían viendo como el sol seguía bajando.

—¡Gracias, Fran! —respondió Alissa— Ha sido un día inolvidable.

—¡Gracias a ti, Ali! —respondió Fran sin dejar de mirar cómo caía el sol al horizonte.

Capítulo XIII: El rescate

Alrededor de las 9:00 p.m., Alissa y Francisco se acercaban nuevamente a la Plaza Mayor, donde una pequeña hoguera alumbraba levemente la fachada del edificio Tío Pepe. Alrededor del fuego, se encontraban Enid y compañía conversando apaciguadamente. El rostro de Enid se iluminó al ver que a la distancia dos siluetas oscuras se acercaban, era difícil no identificar a aquella delgada mujer, junto con aquel corpulento hombre. Enid se puso de pie y se dirigió rápidamente hacia ellos, abrazando a ambos con sus dos brazos calurosamente. Alissa y Fran se voltearon a mirar extrañados y al mismo tiempo palmearon la espalda de Enid.

—Que gusto me da verlos, por un momento pensé que os habíais marchado —agregó Enid.

—¿Marchado adonde, Enid?, si debes de saber que de aquí no podemos salir —contestó Alissa.

—Si, tienes razón, pero el simple hecho de que ya no queráis hacer esto, sería la perdición para todos.

—Y precisamente por eso —contestó Alissa—. Necesitábamos un momento para nosotros, ya que no tenemos oportunidad de decidir.

—Sí, lo entiendo, lo entiendo, no debes ni decirlo. Vamos, que ya estamos listos.

Rápidamente se dirigieron hacia donde se encontraban los demás. Eran ocho oficiales quienes esperaban impacientes y temerosos, el momento de dar rienda suelta al plan.

Todos alrededor de la hoguera esperaban las palabras de Enid.

—Bueno señores y señorita —comenzó su discurso Enid mientras todos la miraban fijamente a los ojos iluminados por la hoguera—. Llegó el momento clave. Es hora de iniciar nuestro plan. Repasemos una vez más. Ustedes cuatro —dijo señalando a unos oficiales a su izquierda—, serán los encargados de mover el camión de la entrada, cuando lo logren, vendrán corriendo al edificio y se esconderán, ¿copiado?

—¡Sí señora! —contestaron los oficiales fervientemente.

Enid prosiguió:

—En el camión estarán escondidos Alissa, Fran y los cuatro restantes. Cuando os indiquemos por radio, será el momento indicado para que ingreséis a la estación.

—Enid, ¿cómo atraeremos a los mutados al parque? —preguntó uno de los oficiales.

—No os preocupéis, apenas abramos las compuertas de vidrio, Díaz encenderá los fuegos artificiales en El Retiro y los mutados deberían ir hacia la luz y el ruido. El resto os toca a vosotros. Ali, Fran y los demás, recordad que tenéis toda la noche para buscarlo… para buscar su objetivo y sacarlo de ahí. ¿Alguna duda?

—¿Cómo sabemos que todos los mutados saldrán de la estación? —preguntó Fran.

—No lo sabemos Fran, si hay alguno adentro, vosotros sois suficientes y estaréis bien armados para destrozarlo a tiros. Eso sí, os debo aclarar que, si disparáis dentro del metro, muy probablemente se escuche en las estaciones alrededor, así que evitad hacerlo porque vuestro tiempo será limitado. ¿Algo más?

Nadie más tuvo ninguna duda.

—No importa qué pase a partir de hoy —prosiguió Enid—, os aseguro que mañana será un día mejor.

Enid lanzó una fría mirada a Alissa, quien por un momento se sintió incómoda.

Los oficiales tomaron de un puño de armas que tenían a un costado de la hoguera; rifles y escopetas de gran calibre. Los empezaron a distribuir por todo alrededor, junto con chalecos antibalas. Alissa se montó su chaleco, quedándole este un poco flojo. Tomó aparte del revólver que ya cargaba, un rifle, lo cargó y dejó una carga más hasta arriba de balas en un compartimento del chaleco. A Francisco por el contrario no había chaleco que le quedara bien, por lo que optó por llevar su enorme suéter gris, donde en el compartimento de adelante, en la pura barriga, metió un puño de balas para su escopeta.

—¡Lista comunidad! —gritó Enid.

—¡Listos! —gritaron todos al unísono mientras Francisco tomaba con su gran mano la cabeza de Alissa y le daba un gran beso en la frente.

—Cuídate —le dijo susurrando.

—Tu igual, Fran —contestó Alissa.

Todos se dirigieron al camión de la entrada de la estación *Sol.* Abrieron las compuertas de la parte trasera del vehículo, donde

Alissa y Francisco se subieron inmediatamente con los otros cuatro oficiales. Cerraron la compuerta y los demás intentaron mover el camión, mientras uno subía a la cabina a bajar el embrague para que avanzara, pero no lograron moverlo.

—¡Presiona el embrague! —le gritaban desde atrás uno de los oficiales.

—¡Ya lo hice y no avanza! —contestó quien estaba en la cabina.

—Toma Ali —dijo Francisco dando su escopeta a Alissa quien la recibió inmediatamente.

Fran abrió la compuerta nuevamente y bajó del camión.

—¡Ahora sí!, ¡¡adelante!! —gritó Francisco quien dejaba ir todo su cuerpo con rugidos de furia sobre el camión haciendo un esfuerzo sobrehumano para moverlo, dejando al descubierto la fila de gradas que descendían detrás de las compuertas de grandes vitrales.

Ya con el camión a unos metros de distancia de la entrada de la estación, se detuvo en seco. Francisco abrió la compuerta y extendiendo la mano a Alissa, le dijo:

—¡Ali, la escopeta!

Esta sin dudarlo se la lanzó. Francisco la tomó en el aire y se acercó frente a las grandes puertas de vidrio. Cargó el cartucho jalando el guardamanos provocando un leve chasquido, mientras los oficiales que intentaron mover el camión corrían hacia el edificio a resguardarse. Sobre uno de los balcones más altos, Enid y Miguel miraban con atención y cruzaban miradas con Francisco a la distancia.

—¿Listo, Fran? —preguntó Enid por radio, sonando por todas las frecuencias de los demás.

Francisco a la distancia solo movió la cabeza de arriba hacia abajo, aún mirando a Enid. Volteó a mirar a Alissa quien detenía la compuerta del camión con fuerza, esperando el ingreso de su amigo.

Por un segundo que fue eterno, la ciudad de Madrid se mantuvo en un profundo silencio, esa calma que antecede al desastre, por un momento; solo la respiración de Francisco se escuchaba mientras miraba las primeras estrellas que asomaban, por un momento no había nada a lo que temer.

Francisco bajó su mirada, levantó la escopeta apuntando a una de las compuertas de vidrio y jaló el gatillo, generando un estruendo por toda la silenciosa ciudad que escalofrío la piel a todo el que lo escuchara. Aún caían los vidrios cuando un segundo disparo destrozaba la compuerta de al lado.

Junto con el estruendo, Francisco lanzó un fuerte grito introduciendo su cabeza dentro de la estación, como un león hambriento deseoso de sangre. El grito, fue respondido desde lo lejos de su interior, por miles de rugidos que comenzaron a acercarse como una estampida que hacía palpitar toda la puerta de *Sol*. Francisco no dio tiempo a verlos y con cara de pánico al escuchar aquellos rugidos acercarse cada vez más, corrió a toda velocidad hacia el camión abalanzándose y cayendo de barriga, mientras a Alissa apenas le dio tiempo de cerrar de golpe la compuerta y no ser vistos por los primero mutados que salían como hienas de su sucia cueva, deseosas de comer lo que apareciera.

—¡Díaz!, ¡que comience la fiesta!

Se escuchó a Enid por la radio.

Segundos después, mientras salían los mutados como hormigas a toda velocidad en distintas direcciones, se vio a la distancia el primer estallido de una luz, proveniente de El Retiro, seguido casi de inmediato por un fuerte estruendo, luego otro y otro. Era una nube de colores a la distancia que llamaba la atención de los mutados, quienes, desde el punto de vista de Enid, se veía como tomaban varias calles en dirección a este, buscando el oasis madrileño, en busca del ruidoso y llamativo juego de pólvora.

Desde el interior del camión y en silencio, los ocupantes solo podían dejar volar su imaginación con los ruidos que se escuchaban afuera, rugidos, dientes golpeando entre sí dando mordiscos al aire; garras huesudas que rasgaban el concreto de la plaza, golpes de tenazas huecas que chocaban unas con otras. Era una estampida de muerte y ellos estaban a tan solo metros de distancia.

Varios minutos tardaron en dejar de sonar esas alimañas saliendo de la estación. El ruido y la constancia de los golpeteos con el concreto se iban reduciendo, hasta que fueron inexistentes.

Los ocupantes del camión, quienes estaban tendidos en el suelo tapando sus cabezas, se volteaban a mirar de un lado a otro, esperando quien diera la señal para salir. Los radios de todos los presentes sonaron al unísono, con la voz de Enid que les dijo:

—Pueden salir, no hay rastro de esos malditos.

Lentamente se fueron poniendo de pie, siendo Francisco quien primero se dirigió a la compuerta. Quitó la palanca que la detenía y se asomó por una pequeña abertura. Efectivamente no había rastro de mutados por ningún lado. Francisco terminó de abrir la compuerta y se lanzó al suelo, esperando para dar la mano a su amiga para ayudarle a bajar. Seguidamente se dirigieron a unos metros frente a la estación del subterráneo, donde solo se veían vidrios esparcidos por toda la entrada junto con rastros de huellas que rasgaban el concreto.

Alissa y Francisco en el centro, con dos oficiales más a cada lado, estaban listos para ingresar a la estación *Sol*, a la casa de los monstruos y al rescate de Oneill. Alissa, mientras sostenía su rifle en la mano izquierda, con la derecha encendió un pequeño foco que alumbraba toda la entrada de la estación. Lo que se veía era un gran descenso de gradas, que se perdían en la oscuridad.

—¿Listo, Fran? —preguntó Alissa.

Francisco se tomó un momento para contestar. Miró hacia adentro de la estación y luego volvió a Alissa.

—No —contestó—, pero bajemos antes de que me arrepienta.

Alissa contestó con una leve sonrisa y comenzaron a descender las escaleras. Conforme se iba abriendo el escenario por la luz, se iban revelando los estragos de estos monstruos dentro de la estación. El lugar parecía un gran *bunker*, con su techo redondeado y largos pasillos en los que la luz de los focos de chaleco no llegaba hasta el final. Los pasos se escuchaban agigantados entre tanto silencio, un silencio que era alentador puesto que les indicaba que por el momento se encontraban solos. Los grises pisos de cerámica estaban en su mayoría rasgados por las largas tenazas de los mutados y sin duda alguna, entre tanta sobrepoblación había problemas, debido a que cada ciertos metros encontraban trozos de monstruos que habían sido arrancados de sus cuerpos, sin dejar de lado los rastros de sangre en el suelo que se confundía con la de los mutados.

Ni Alissa, ni Fran, ni mucho menos los oficiales tenían idea de hacia dónde dirigirse.

—¿Por dónde? —preguntó Francisco susurrando a Alissa

—No tengo idea Fran, Enid nunca me indicó hacia dónde debíamos ir —contestó Ali también susurrando.

—¿Y por qué no vino ella? —volvió a preguntar Fran lo más silencioso que podía.

—No puede entrar aquí.

—¿Cómo que no puede?

—Dice que hay lugares a los que no pueden acceder, ni ella, ni Miguel; y el metro es uno de esos.

—¡Ah!, que conveniente —respondió Francisco insatisfecho con la respuesta.

—Hey, vosotros, de qué habláis —preguntó uno de los oficiales al escucharlos susurrando mientras seguían caminando por el largo pasillo en silencio.

—De hacia dónde vamos. No tenemos idea hacia dónde dirigirnos —contestó Alissa un poco más fuerte.

—Yo iría…

Estaba el oficial a punto de dar una sugerencia, cuando tres golpes tenues, pero audibles se escucharon a la distancia, rebotando sobre las paredes. Todos se agacharon y tomaron posición de guardia.

—¿Lo escucharon? —preguntó Alissa susurrando.

Todos asintieron con su cabeza, habían escuchado ese ruido.

Seguidamente de nuevo tres golpes más volvían a retumbar entre las paredes.

—Será mejor que vayamos en otra dirección, debe de ser un maldito animal de esos.

Todos se pusieron de pie y estaban a punto de dirigirse hacia el sentido contrario, cuando Francisco tomó la palabra.

—Un momento —dijo pidiendo silencio.

De nuevo los tres golpes se volvieron a escuchar, exactamente igual, a la misma distancia haciendo eco por todo el túnel. Francisco dio unos pasos en silencio dirigiéndose hacia una baranda de metal, tomó su escopeta y dio dos golpes fuertes, que retumbaron sobre las paredes más cercanas.

Los oficiales y Alissa incluida, se agacharon inmediatamente muertos de miedo mirando en todas direcciones y apuntando con sus armas.

—¡¿Qué mierda haces cabrón?! ¡Vas a hacer que nos maten! —dijo uno de los oficiales molesto.

Pero seguidamente, cuando el eco de los dos golpes de Fran desapareció en el fondo, dos golpes más respondieron a la distancia devolviendo el patrón.

Los ojos de Alissa se inundaron de alegría. «¿Será posible?», se preguntaba.

Francisco volvió a dar golpes a la baranda de metal, pero esta vez golpeó cuatro veces. Seguidamente la respuesta fue la misma, cuatro golpes más respondieron a la distancia.

—Es él, tiene que ser Oneill —agregó Francisco.

—¡¿Qué?!, ¡¿Oneill?, ¿ese cabronazo no está muerto?

«Mierda», pensó Francisco, «he metido las patas».

—No tenemos tiempo para explicaciones, vamos de inmediato —agregó Alissa tomando una escalera eléctrica que no funcionaba.

—No me gusta una mierda esto, espero que haya más sobrevivientes y tenéis que explicar lo de Oneill —contestó el oficial claramente molesto e indignado.

El grupo comenzó a descender por las gradas con paso más apresurado. Francisco volvió a golpear tres veces un pasamanos de metal y el mensaje le fue respondido de nuevo, pero esta vez más cerca.

—Vamos, hacia allá —indicó Fran.

Mientras caminaban más rápidamente Alissa le preguntó:

—Oye Fran, ¿cómo sabías que era una persona y no un mutado quien estaba dando esos golpes?

—Porque seguía un patrón Ali. Esos malditos monstruos son muy salvajes, para dar tres golpes seguidos con el mismo tiempo de diferencia. Y más aún, han imitado mi patrón, sin duda alguna debe de ser… debe de ser alguien —respondió dando una pequeña pausa tratando de evitar otro conflicto.

—Eres un genio —contestó Alissa con una gran sonrisa en su rostro.

Pasaron frente un pasillo y Fran volvió a golpear un basurero de metal, de nuevo tres veces. Esta vez el pasillo era un cuadrado perfecto enchapado en loza azul, en la que de nuevo apenas veían a unos metros debido a la oscuridad.

Luego de los tres golpes de Fran, al fondo del pasillo se escuchaba cómo le respondían nuevamente, así que cada vez más confiados se dirigían al final de este que daba al andén inferior del tren, donde una tenue luz de un fluorescente que se encendía y apagaba, iluminaba apenas visible un gran espacio a la que daba la salida. Pero de nuevo, Fran se detuvo en seco.

—¡Alto, alto, un momento, al suelo, al suelo! —dijo susurrando, pero asegurándose de ser escuchado y agachándose bruscamente mientras apagaba su foco.

De igual manera fue imitado por los demás, quienes no entendían que sucedía y por qué Fran se detuvo de inmediato.

—¿Qué sucede? —preguntó Ali silenciosamente.

—Escuchen —contestó llevándose un dedo a su oído.

Lo que Francisco y los demás escuchaban, eran los golpes de fierros al final del pasillo, pero a diferencia de las veces anteriores, esta vez no se habían detenido en dos, tres o cuatro, sino que eran constantes y cada vez más rápido.

Francisco se acercó a una banca de metal, casi al final del pasillo y dio un golpe fuerte, un único golpe que hizo que el otro se detuviera en seco. Fran se devolvió lentamente donde los demás esperaban.

—¿Qué mierda pasa? —volvió a preguntar Alissa.

—No tengo idea, pero esos golpes seguidos y más rápidos no solo indicaban que ahí se encontraba, creo que quería advertirnos de algo.

Y como si de una revelación se tratara, al final del pasillo en el andén, vieron como una enorme silueta de un mutado arrastrando sus garras por el piso cerámico, pasó frente a la salida, sin voltear a mirar hacia donde ellos se encontraban. Solo caminó lentamente saliendo por un lado de la entrada y escondiéndose por el otro.

—Mierda, de nuevo tenías razón Fran, hay un hijo de puta de esos. ¿Pero por qué no salió con los demás? —preguntó uno de los oficiales.

—Porque algo debe de estar cuidando —respondió Francisco a la incredulidad de sus compañeros.

Tardaron un momento y vieron como el mutado volvió a pasar hacia el otro lado, pero esta vez apenas visible, ya que su trayecto iba por el otro lado de los rieles, estaba rodeando el andén, primero, por un lado, luego cruzaba las vías de un salto y caminaba lentamente por el otro.

—Tengo un plan —agregó Fran arrastrándolos hacia el centro con sus grandes brazos— Estos insectos tienen muy mala visión y estoy seguro de que aquí en la oscuridad ven mucho menos. Esa luz que parpadea será nuestro indicativo para saber por dónde debemos de salir. Iremos tras el mutado, lentamente y en silencio, rodearemos el andén hasta ver que es lo que protege y lo sacaremos de aquí.

—¡Con una mierda, eso es un suicidio! —agregó uno de los oficiales.

—Por eso no vamos a ir todos, no hace falta, yo mismo puedo ir —contestó Francisco.

—No Fran, tú eres muy grande y debes pasar las líneas del tren para pasar al otro lado, cualquier golpe delataría tu posición, iré yo —agregó Alissa.

Francisco no estaba para nada contento con la proposición, pero era muy inteligente y sabía que lo que Alissa decía no era mentira. Al fin de cuentas si él fallaba en esta misión, Alissa no sólo podía morir aquí, sino quedar atrapada como Oneill, o peor aún; como Miguel, y esa idea le aterraba.

Francisco se acercó a ella, abrazándola fuertemente y agregó:

—Cuídate y ve despacio. Nosotros vigilamos desde la entrada.

Alissa asintió y se dirigió hacia la abertura que daba al andén, sin pasar de ella. Minutos después a escasos metros, pasó el mutado, gruñendo y expirando por sus mandíbulas llenas de colmillos. Alissa estaba aterrada, pero lentamente se puso detrás de él a unos metros de distancia, agachada y en silencio.

Francisco y los demás se acercaron a la entrada aún entre las sombras para observar. Apenas podían ver las siluetas del mutado y de Alissa a la distancia. El mutado llegó al final del andén y de un salto, cruzó el espacio por el que pasan las líneas, llegando al otro lado y clavando sus garras en una parte destruida del piso de concreto, donde ya varias veces había aterrizado realizando el mismo recorrido. Alissa por su parte, con más cuidado se agachó al borde del suelo, dio vuelta y se deslizó lentamente hasta tocar las líneas ferroviarias. Estaba a punto de subir por el otro lado, cuando se detuvo en seco.

—Pero ¡¿qué haces?! —decía Francisco susurrando.

Alissa se devolvió, quedando en el centro de las líneas, volteó a mirar hacia adentro del túnel del metro y comenzó a caminar hacia la negra oscuridad.

—¿Para dónde vas, Ali?, ¿Qué has visto? —se seguía diciendo.

Luego de un momento, un fuerte golpe se escuchó cerca de ellos. El mutado había caído del otro lado y pronto pasaría delante de la entrada, así que retrocedieron un poco a la oscuridad. Lentamente con su enorme cuerpo y garras que se movían tenuemente de arriba a abajo, pasó el mutado frente a ellos, ignorando por completo su presencia y escondiéndose del otro lado de la entrada. Volvieron a acercarse y vieron cómo en medio de las líneas del tren, muy cerca de ellos, una silueta femenina, traía entre brazos a un hombre de mediana altura. Cuando el mutado se encontraba más cerca de ellos, se detuvieron en las vías y se quedaron inmóviles, pasando desapercibidos. El mutado llegó al final del andén y dio de nuevo un salto para caer al otro lado, pasando a su lado sin percatarse, solo seguía caminando y botando babas por su hocico, esta vez seguido de cerca por las dos figuras humanas que caminaban lentamente cerca de él a un nivel inferior.

Alissa y la persona a la que traía lograron llegar a la entrada, guiados por la lámpara que palpitaba y emitía poca luz. Miró hacia el interior de la entrada donde Francisco asomó su rostro para que la viera. Alissa se llevó su dedo a su boca, señalándole que hiciera silencio. Francisco ignoró a Alissa, porque sus ojos no podían creer lo que veían. Era Oneill, de verdad era Oneill quien levantaba su mirada débilmente y le sonreía desde la distancia. Francisco no pudo evitar sonreír al mirar de nuevo a quien consideraba un gran amigo, pero no solo eso le daba felicidad, mirar la cara de Alissa llena de gozo a pesar de la situación en la que se encontraban, lo llenaba de alegría.

Acto seguido volvió a escucharse el golpe del mutado al caer al otro lado, donde pasaría de nuevo entre Francisco y Alissa. Fran a señas le indicó que apenas pasara los ayudaría a subir a lo que ambos bajaron su cabeza entendiendo las indicaciones. Francisco se volvió a esconder entre las sombras.

—Apenas pase el mutado, les ayudamos a subir, entre todos será sencillo —les indicó a los oficiales.

—No lo puedo creer, viene con alguien —agregó susurrando uno de los oficiales.

—¡Shhh, ahí viene! —contestó otro.

De nuevo la escena del mutado pasando por la entrada, sin percatarse que, a metros, cerca de la salida; tenía a su tesoro a punto de escabullirse. Los oficiales y Fran estaban listos.

Apenas se escondió al otro lado del muro, se acercaron un poco, esperaron a que estuviese a unos cinco metros de distancia y siguiendo a Fran, se acercaron al borde del andén. Alissa, también se acercó a la orilla, levantando el brazo de Oneill que lo traía en su cuello. Francisco lo tomó de un brazo, mientras otros dos oficiales lo tomaron de otro y como si se tratara de una muñeca de trapo, lo levantaron fácilmente mientras este solo arrugaba su cara, adolorido. Era Oneill, el mismo Oneill que enterraron. Francisco lo arrebató a los oficiales y le dio un abrazo, fuerte pero fugaz.

Francisco le entregó a Oneill a uno de los oficiales e inmediatamente se volteó a ayudar a Alissa para sacarla del agujero en el que se encontraba. Alissa extendió sus brazos y Francisco la levantó fácilmente, pudiendo pararse sobre el borde del andén.

Sin percatarse de qué sucedía y creando un estruendo que erizó la piel de todos, Francisco y Alissa voltearon a mirar un contenedor de metal que daba vueltas en el suelo. Detrás de ellos, Oneill se encontraba tendido en el piso, junto con uno de los oficiales que no soportó su peso y cayó con él.

En ese momento el rugido del mutado y los rasguños que daba en el concreto mientras lo destrozaba corriendo hacia ellos, eran cada vez más cercanos, dirigiéndose a Oneill quien estaba medio adormilado tendido en el suelo. El mutado dio un salto en el aire, listo para caer sobre Oneill, cuando un enorme muro de piel y huesos se le atravesó en frente, evitando que lo hiriera. Era Francisco, quien tomó al mutado con su mano izquierda de una de sus tenazas y la otra del cuello, pero la tenaza que le quedaba libre se la atravesó en la clavícula derecha.

Francisco rugía fuertemente, igual a como rugía el monstruo crujiendo sus dientes cerca de su cara y dando fuertes mordiscos. Este con una fuerza sobrenatural, como todo un monstruo, comenzó a caminar hacia adelante, empujando al mutado quien metía sus garras en el concreto intentando detenerlo sin éxito. Francisco seguía empujando con fuerza, estaba ganando la batalla.

—¡Corran!, ¡corran! —gritaba entre rugidos mientras rechinaba sus dientes sacando fuerzas de donde no tenía.

—¡No, Fran! —gritaba Alissa.

—¡Vamos, vamos! —gritaba uno de los oficiales tomando a Oneill del suelo y arrastrándolo hacia el pasillo.

Francisco con su brazo chorreando sangre seguía empujando. El mutado logró sacar la tenaza del hombro de Fran, arrancando de este no solo un gran trozo de piel, sino un grito desgarrador. Francisco con su pie derecho, majando la garra que rastrillaba el suelo, logró desestabilizar al mutado, cayendo ambos al suelo. Con su peso sobre el monstruo y evitando los golpes de las tenazas, estiraba la cabeza del mutado tratando de separarla de su cuerpo.

—¡Vamos Fran, vamos!, ¡tú puedes! — seguía gritando Alissa dando apoyo a su amigo.

El mutado logró asestar otra estocada de su tenaza en la espalda de su rival, haciendo a Francisco gritar de dolor.

—Con una mierda —dijo uno de los oficiales acercándose con una escopeta en sus manos a Francisco y al mutado quien tenía su cabeza ya casi separada del cuerpo.

—¡Nooooo! —gritó Alissa con todas sus fuerzas tratando de detener al oficial.

Pero fue muy tarde y antes de arrebatarle el cañón con sus manos, el oficial logró detonar un impacto que destrozó el cráneo del mutado, esparciéndose sus sesos por todo el suelo del andén.

La detonación se escuchó como una explosión que retumbaba en las paredes del subterráneo, lanzando el eco del impacto en ambas direcciones por las vías del tren, perdiéndose en la oscuridad y recorriendo un largo camino.

—¡No, mierda! —gritó Alissa logrando quitar el arma del oficial—. ¡Eres un imbécil, ya lo tenía casi muerto!

—Bueno pues ya lo maté, ahora es seguro que está muerto —contestó el oficial intrigado del porque le reclamaban en lugar de felicitarlo por su hazaña.

—¡Las armas las debíamos usar en última estancia! —contestó Alissa molesta.

—Bueno, pero para algo las trajimos —contestó el oficial levantando sus hombros.

Todos los presentes guardaron silencio al ser interrumpidos por un estruendo a la distancia.

—¡Mierda, mierda, mierda! —dijo Alissa abalanzándose sobre Fran, quien estaba ensangrentado aún sobre el mutado—. ¡Vamos, vamos Fran, levántate, debemos largarnos de aquí!

—¡¿Qué mierda es eso?! —preguntó el oficial escuchando un zumbido proveniente de los túneles del metro.

—Son mutados, imbécil —contestó Oneill desde un muro donde estaba recostado apenas pudiendo hablar— por eso no debías detonar ningún arma cabrón.

El tono pálido entre la escasa luz se apoderó del oficial quien sin pensarlo dos veces encendió su foco y comenzó a correr dentro del pasillo buscando la salida. Otro oficial lo siguió sin dudarlo.

—¡Ni se os ocurra largaros, cabrones! —les gritó Alissa a los dos oficiales restantes.

Los oficiales se voltearon a mirar y luego miraron a Alissa afirmando con su cabeza.

—¡Vamos, ayudadme! —les ordenó Ali tratando de levantar a Francisco.

Los oficiales se acercaron y con dificultad levantaron a Francisco quien estaba muy mal herido, pálido y le brotaban borbollones de sangre por su boca.

Alissa tomó a Oneill, pasó su brazo por su cuello y comenzaron a caminar lo más rápido que pudieron por el gran pasillo, sintiendo el zumbido de la estampida cada vez más y más fuerte detrás de ellos.

—¡Vamos, vamos, falta poco! —gritaba Alissa mientras los oficiales trataban de arrastrar a Francisco, quien tenía casi el tamaño y el cuerpo de un mutado.

—¡Ali! —dijo uno de los oficiales.

—¡Vamos, vamos! —seguía gritando Alissa sin voltear a mirar.

—¡¡Alissa!! —grito fuertemente de nuevo el oficial, esta vez llamando su atención.

Francisco se encontraba sentado en el suelo, recostado sobre uno de los muros del pasillo.

—¡Pero ¿qué os sucede idiotas?!, ¡debéis levantarlo de ahí! —les gritó Alissa furiosa.

—No quiere —contestó un oficial.

—¡¿Qué?!, ¡¿cómo que no quiere?!

Alissa se acercó a Francisco y este la recibió con una sonrisa empapada en sangre y sus ojos caídos.

—Fran, vamos, debes levantarte, ya falta poco —le dijo Alissa con cariño tomando su mejilla.

Francisco arqueó su cabeza acariciando la mano de Alissa.

—No Ali, no falta poco —contestó con dificultad— pero ustedes pueden lograrlo, les voy a dar tiempo.

—¡¿Qué?!, no Fran, con una mierda, ni se te ocurra que te voy a dejar aquí y que te maten esos malditos.

—No Ali, no me van a matar, yo los voy a matar.

Francisco con su mano izquierda, sacó debajo de su suéter una fila de lo que parecían ser cinco granadas de mano.

—Me las dio Enid y me dijo, *"protégela"*. Y eso es lo que voy a hacer.

—¡No Fran, no, no puedo dejarte aquí! —decía Alissa con su voz entrecortada entre lágrimas, pegando su frente con la de su amigo y con ambas manos tocando su cara.

—Debes hacerlo Ali, debes salvarlo —dijo Francisco volteando a mirar a Oneill— y que todo esto se acabe de una vez por todas. Muchas vidas están en juego, no solo la mía.

A Alissa le seguían saliendo lágrimas a borbollones sobre el cuerpo de Fran, mientras el zumbido cada vez se escuchaba más cerca de ellos. Francisco extendió la mano, llamando a Oneill, quien a como pudo se puso de rodillas a sus pies. Tomó la mano de Oneill y la unió sobre la de Alissa, miró a Oneill y le dijo:

—No desaproveches esta oportunidad y por favor, no me le hagas daño.

—Te aseguro que no lo haré mi grandote amigo. Muchas gracias —contestó Oneill con dificultad.

Francisco tomó el rostro de Alissa, secando una de sus lágrimas con sus manos, dejando en su lugar una pequeña mancha de sangre.

—No pude encontrar una mejor guía para conocer Madrid que tú Ali, aunque destrozaras un estadio —le dijo Francisco suavemente mientras seguía acariciando su mejilla.

—Pero fue golazo —contestó Alissa con una sonrisa que apenas asomaba sobre su triste rostro.

—Te quiero Ali —dijo Francisco con una lágrima brotando en cada uno de sus ojos.

—Y yo te quiero a ti, mi grandote —contestó Alissa recostando su rostro por última vez en el pecho de su amigo.

En el suelo se sentía como retumbaban los sonidos de la manada de mutados que ya estaban a la vuelta.

—¡Vamos, vamos, corran! —gritó Francisco con fuerza.

Oneill tomó a Alissa del brazo casi a la fuerza, quitando su mano de la de Fran, quienes se miraban por última vez, mientras se alejaban corriendo y perdiéndose en la oscuridad.

Francisco tomó la fila de granadas en la faja, sacó la espoleta de una y detuvo con su mano el gatillo para activarlas.

Cada vez estaban más y más cerca, hasta que al fondo del pasillo escuchó cómo se golpeaban los mutados abalanzándose unos sobre otros, dando la vuelta para ingresar por el pasillo.

—Ya deben de ir lejos —se dijo Francisco a sí mismo, calculando que sus amigos ya debían ir subiendo por las escaleras.

Francisco tomó la granada, levantó su cabeza y sus últimas palabras fueron.

—A ti también te quiero, mami.

Alissa, Oneill y los dos oficiales subían por las escaleras a gran velocidad, casi llegando al último escalón, cuando el sonido de una fuerte detonación los lanzó al suelo. No solo el pasillo había sido destruido, sino también el corazón de Alissa se partió en mil pedazos con esa explosión. Pero no había tiempo para detenerse a llorar.

Alissa se puso de pie y siguieron corriendo, hasta que a la distancia pudieron ver las últimas escaleras que daban a la salida. Rápidamente subieron y de nuevo estaban viendo las estrellas. Lo habían logrado, Oneill estaba fuera.

Alissa se abalanzó sobre Oneill con un gran abrazo, rodeando su cuello con fuerza. Alissa lloraba, pero reía a su vez. Lloraba por Francisco, reía por Oneill. Nunca había sentido un encuentro de sensaciones tan fuerte en su vida, amor y nostalgia; alegría y tristeza; todo al mismo tiempo.

—No me vas a creer, pero soñé contigo —le dijo Alissa apartando su rostro para verlo de frente.

—Pues mira qué coincidencia, yo también soñé contigo —contestó Oneill— yo sé que esto es extraño, pero…

La frase de Oneill fue opacada por un gran beso de Alissa, sorprendiendo a Oneill, pero llenándolo de alegría.

Desde la distancia a Enid le brillaban los ojos viendo a sus amigos salir con vida. Enid bajó rápidamente del edificio donde se encontraba y se acercó a ellos, solo para encontrar a dos enamorados besándose y dos oficiales agitados casi muriendo en el suelo.

—Lo has logrado, cabrona —gritó Enid, separando a Alissa de Oneill para abrazarla fuertemente.

Luego de un caluroso abrazo, Enid volteó a mirar a todos los sobrevivientes.

—Aquí me falta alguien —agregó tomando a Ali de su rostro y mirándola de frente— desde que salieron aquellos dos, me imaginé que algo andaba mal.

Enid señaló con el dedo y a unos metros de distancia, recostados sobre el monumento de la Osa y el Madroño; estaban los dos oficiales que huyeron al principio, recostados también tomando aire. Alissa se separó bruscamente de Enid, tomó un revólver que cargaba, abrió el tambor verificando que tuviese balas y se dirigió a los oficiales.

—¿Qué haces, Ali? —dijo Enid tratando de detenerla, pero Oneill rápidamente la tomó a del brazo, diciéndole con su cabeza que no la detuviera.

Los oficiales conversaban y reían en el monumento, cuando se percataron de que Alissa se acercaba a ellos a paso firme.

—¡Hey!, lo habéis logrado —le gritó uno de ellos.

El otro oficial se percató de que Alissa iba armada, se puso de pie de un salto y dio media vuelta para huir, pero Alissa levantó el arma y le propinó un disparo en la espalda. El otro oficial que seguía tendido en el piso, brincó del susto por la detonación, pero no tenía hacia donde huir.

—¡¿Qué mierda te sucede?!, ¡¿estás loca?! —decía el hombre desesperado al ver a Alissa acercándose— ¡Hey!, ¡Enid, Enid!

Gritaba llamando la atención de Enid y compañía, pero nadie podía hacer nada.

Alissa llegó hasta los pies del oficial, se hincó de rodillas frente a él, casi chocando rostro con rostro, tomó su revólver y lo puso en la entrepierna del oficial, quien lloraba de miedo.

—No sé para qué mierda tienes los cojones, si nos los vas a usar —le dijo Alissa descargando dos disparos que atravesaron su miembro, mientras un grito ensordecedor desgarraba la plaza.

—Le hicieron daño, ¿verdad? —preguntó Enid a Oneill admirando la escena.

—Fran.

Fue lo único que contestó Oneill.

Alissa dio media vuelta y se dirigió hacia la salida de la estación nuevamente, pero su rostro de furia no cesó con el oficial que dejó revolcándose de dolor detrás de ella. Alissa se detuvo frente a Enid, levantó su revólver y se lo puso en la frente.

—Las lágrimas por Francisco, son las últimas que voy a derramar. De ahora en adelante será diferente Enid —dijo Alissa con un tono amenazante, mientras tres oficiales que custodiaban a Enid levantaban sus fusiles de asalto y apuntaban a Alissa en la cabeza.

Enid no se inmutaba, solo miraba fijamente a los ojos a Alissa detrás del cañón. Enid levantó su mano, señalando a los oficiales que bajaran sus armas.

—No debe tardar mucho Ali y lo entenderás todo.

—Eso espero, cabrona —contestó Alissa susurrando.

Alissa no bajaba el cañón del rostro de Enid, mientras Enid con sus ojos miraba alrededor, volteaba a ver el cañón y miraba de nuevo hacia arriba.

Al cabo de un momento, la sonrisa de Enid se palmó en su rostro.

—Aquí viene —contestó.

El sol que hacía bastante se había escondido en el horizonte, realizaba como por arte de magia el camino de vuelta, iluminando de nuevo la ciudad de Madrid, repitiendo de nuevo aquel último atardecer que habían admirado. En cuestión de segundos, el sol se postró al horizonte, tiñendo en un tono naranja, toda la ciudad.

—¡Pero ¿qué mierda?! —dijo Alissa bajando su arma.

—Ya va a comenzar Ali, debes decirme qué ves —agregó Enid.

Alissa no comprendió muy bien a qué se refería, seguía anonadada por lo que veían sus ojos.

—¿Quién mierda es ella? —dijo Oneill mirando hacia el centro de la plaza.

Todos los presentes se voltearon y a unos treinta metros de distancia, una hermosa mujer rubia, con una bata larga y en sandalias, se acercaba lentamente, a pasos pequeños.

En todas direcciones, por todas las calles aledañas a la plaza, comenzaron a escucharse como una manada de mutados se acercaban desde todas direcciones. Rápidamente rodearon toda la plaza, no eran miles, eran millones; pero, aunque gruñían y luchaban enfadados, ninguno puso sus garras dentro de esta. Aguardaban alrededor de la plaza, pasando unos por encima de otros, como si un campo invisible les evitara pasar dentro. Lo más que hacían eran lanzar golpes con sus enormes tenazas que resquebrajaban el concreto, pero ninguno hacía ningún intento por atacarlos. Y peor aún, esta vez la luz no les afectaba en lo más mínimo.

—¡¿Qué mierda es todo esto?!, ¡¿qué pasa aquí?! —decía uno de los oficiales de Enid, que comenzó a disparar una ráfaga de tiros hacia los mutados quienes esperaban rabiosos, pero eran muchos y las balas de lejos no les hacía ningún daño visible—. ¡Mierda, estamos muertos!

La chica se seguía acercando, a pasos lentos, estaba quizás a unos cinco metros cuando se detuvo.

—Él no debería estar aquí —dijo la chica con voz serena, señalando con su dedo a Oneill.

—¿Qué sucede? —preguntó Enid.

—¡¿Cómo?!, ¡¿acaso no la ves, Enid?! —preguntó Alissa.

—Veo a los mutados alrededor, pero no veo nada más, ¿qué ves? —volvió a preguntar Enid.

—Una chica. Con una larga bata blanca. Está preguntando, quien sacó a Oneill.

Enid sonrió con la respuesta de Alissa.

—Anda dile que vas a sacar a todos los restantes —agregó Enid.

Alissa sin titubear ni cuestionarse nada y creyendo que Enid tenía todo bajo control, hizo caso y respondió a la chica.

—Yo fui quien lo sacó de ahí y voy a sacar a todos los demás de las otras estaciones.

—Nadie merece una segunda oportunidad Alissa, no es justo —contestó la chica con voz serena.

—¡¿Cómo mierda sabes mi nombre?! —preguntó Ali.

—¿Qué te dijo? —volvió a preguntar Enid mirando al centro de la plaza sin lograr ver a nadie.

—Sabe mi nombre y me dijo que nadie merecía una segunda oportunidad.

—Anda, díselo de una vez —se escuchó una voz ronca al lado de Alissa.

Miguel había hecho acto de presencia asustando aún más a quienes lo vieron aparecer de la nada, incluso a Oneill.

—¡Pero ¿qué mierda?! —dijo este al verlo de repente.

—¿Que le diga qué? —preguntó Alissa.

—No, aún no —contestó Enid.

—¿Con quién hablas? —preguntó la chica mirando a Alissa voltear a ver para ambos lados.

—¡Anda!, que no puede verlos tampoco —dijo Alissa a Enid.

—Dile que, si nadie merece una segunda oportunidad, ¿por qué la humanidad si la merece?

—¡Hey, tú, chica! —dijo Alissa dirigiéndose a la mujer sin titubear— y si Oneill no merece una segunda oportunidad, ¿por qué la humanidad sí la merece?

La chica no expresaba facción alguna, pero se mantuvo en silencio con esa pregunta.

—¿Qué hizo? —preguntó Enid.

—Se quedó en silencio —contestó Alissa.

—¡Hazlo Enid, ahora! —agregó Miguel un tanto desesperado.

Enid acercó su boca al oído de Alissa y le susurró unas palabras.

—No me has contestado la pregunta —dijo Alissa en voz alta dando dos pasos al frente y encarando a la chica— ¿por qué la humanidad se merece una segunda oportunidad, Oby?

La chica sin expresión alguna, miró fijamente a Alissa y agregó:

—Simulación con errores de programación, fin de la simulación.

La chica dio media vuelta y comenzó a caminar lentamente. Los mutados saltaron a la plaza y comenzaron a correr hacia ellos. Los disparos de los guardias detonaron en todas direcciones. Alissa estaba asustada, no sabía que sucedía o qué había hecho, estaban a punto de morir. Miguel tenía una gran y desquiciada sonrisa en su rostro, como esperando con ansias toda la masacre que venía en camino. Oneill corrió a juntar un arma para comenzar a disparar. Enid tomó del brazo a Alissa dándole vuelta y pegando su frente con la suya, le dijo:

—A partir de ahora, todo depende de ti, Ali. A partir de este momento lo comprenderás todo. Y recuerda quitarte la máscara de inmediato. Confío en ti.

Fueron las últimas palabras de Enid, cuando una tenaza atravesó a Alissa saliendo por su estómago provocando un enorme ardor que se extendió por todo su vientre. Luego una segunda y una tercera estocada. A su alrededor veía como Oneill era destrozado en pedazos. Los oficiales seguían disparando sin la cabeza en su cuerpo, decapitados de un tajo por las afiladas tenazas. Todo era sangre y cuerpos desgarrados. Todo era destrucción, todo había terminado.

«¿Qué mierda he hecho?», pensó Alissa.

Capítulo XIV: Alfa y Omega

Por un momento, el último aliento sólo trajo oscuridad, luego todo fue silencio, hasta que, en su mente, sin sentir un cuerpo físico, comenzó a ver imágenes. Era una vida, era su vida. No, no era su vida. Había una niña, la miró nacer, vio a sus padres, pero no le eran conocidos, la miró jugando con una especie de pantalla que se proyectaba frente a ella, la miró estudiando con ocho años y cómo de joven conoció a su primer amor. En cuestión de segundos estaba viviendo toda una vida. Cada vez era más rápido como miraba tantas imágenes pasar por su mente y cada vez comprendía más cosas que nunca había entendido, la última imagen fue un diálogo, de un doctor, un amigo.

—¿Todo bien doctora Davis?

—¡Enid, mierda, esta es la vida de Enid, ahora lo sé todo!

Alissa abrió sus ojos y lo primero que vio fue una iluminada habitación blanca. Ella se encontraba boca arriba sobre una cama, era la misma habitación de su sueño, no, ahora lo sabía, era la vida real.

«Recuerda quitarte la máscara», fueron las palabras que se le vinieron a la cabeza, las últimas que le dijo Enid.

Inmediatamente Alissa quitó la máscara que tenía tapando su boca y esta comenzó a expulsar un gas blanco desde su interior.

Esa máscara y ese gas era lo que la mantenía dormida. Alissa miró a su alrededor y desde su punto de vista solo veía varios brazos levantados en las camas de alrededor, pero segundos después todos cayeron, de nuevo estaban dormidos, de nuevo los habían inducido en otra simulación.

—¡No, esta mierda no sucederá de nuevo! —se decía Alissa, levantándose de la cama con dificultad.

El piso estaba frío, ella estaba desnuda, huesuda y arrugada; pero ya nada de eso le importaba, lo había asimilado, por primera vez en mucho tiempo se encontraba en el mundo real.

Lo primero que vio fue a Oneill a un lado suyo, un viejo y arrugado Oneill, con una tupida barba canosa, tendido en la cama con forma de caracol. La compuerta de vidrio comenzó a cerrarse, pero inmediatamente Alissa llegó hasta él, tocó el vidrio y este se detuvo mientras las demás cámaras se iban cerrando lentamente. Con cuidado quitó su máscara y comenzó a golpear su mejilla.

—Oneill, Oneill, despierta —le decía Alissa con serenidad.

Oneill suspiró fuertemente tratando de tomar la mayor cantidad de aire, arqueándose y abriendo los ojos, asustado. Comenzó a golpear a su alrededor y miraba de arriba a abajo tratando de comprender dónde se encontraba.

—Oneill, Oneill calma, soy yo Ali, soy yo —le susurró Alissa al oído mientras lo abrazaba tratando de contenerlo.

—¡Ali, Ali, eres tú!, ¡que mierda!, ¡¿dónde estamos?! —decía Oneill con la voz gruesa y carrasposa, dando la impresión de que se le dificultaba mucho hablar.

Oneill estaba bastante confundido, pero comenzó a relajarse sintiendo la calidez de la mano de Alissa sobre su rostro.

—Ali, ¿eres tú?, ¿estás un poco...? —agregó Oneill tocando las arrugas de su cara.

Alissa sonrió y agregó:

—Bueno, pues solo a mí no me han pasado los años por encima.

Alissa tomó la mano de Oneill y la puso sobre su mismo rostro. Este por un momento se asustó, pero después sonrió.

—Esto se siente diferente, Ali.

—Se siente real, se siente muy real —contestó Alissa acercando su rostro y chocando su cabeza con la de él.

Pocos segundos duró el cálido momento, cuando una voz detrás de ellos los interrumpió.

—¿Quién eres y cómo sabes mi nombre?

Alissa y Oneill voltearon a mirar de golpe. Era la misma figura de la plaza, la misma chica rubia, hermosa, con voz serena y cálida, con una túnica blanca, más parecida a un ángel que a un humano.

—Hola Oby, ¿cómo te ha ido durante todos estos años? —respondió Alissa.

—¿Por qué sabes mi nombre? —volvió a preguntar Oby.

—Eso no tiene importancia —contestó Ali—. Hasta aquí llega este experimento de mierda.

—Eso no puedo permitirlo —contestó Oby sin expresión en su rostro—. Tengo un protocolo que cumplir por el bien de la humanidad y las pruebas aún no han concluido.

—Pues hasta aquí llegó todo esto —contestó Alissa con su mirada desafiante.

Alissa ayudó a salir a Oneill de la cama, pero segundos después comenzaron a sentir como se les dificultaba respirar cada vez más. La habitación comenzó a quedarse sin oxígeno.

—Aguanta, Oneill —le dijo Alissa tirándolo del brazo con voz áspera por la falta de aire.

—Debo expulsarlos de aquí, por el bien de la humanidad —dijo Oby mientras Oneill y Alissa difícilmente se dirigían a una compuerta a un costado de la habitación—. Sus esfuerzos son en vano. Los dejaré en la tierra y daré fin a su participación en las simulaciones. Ya no son sujetos factibles

Alissa se acercó a la compuerta y presionó un botón del que salió un holograma con varios números y signos. Presionó una secuencia de siete dígitos y una luz en la parte superior de la compuerta cambió a color verde, abriéndose rápidamente.

—No es posible que el sujeto conozca el código de la compuerta, ¿quién eres? —volvió a preguntar Oby, mientras era ignorada por Alissa y Oneill que a duras penas corrían por un pasillo estrecho.

Mientras corrían lentamente, luchando con la falta de aire y sus cuerpos débiles; Oneill y Alissa pasaban mirando a través de grandes ventanales de cristal, varias cámaras idénticas a las suyas, también con colmenas de cables que rodeaban varias camas en forma de caracol. El pasillo se puso oscuro y una luz roja parpadeante comenzó a iluminar toda la nave. Mientras corrían, Oby seguía apareciendo frente a ellos, haciendo la misma pregunta:

—¿Quién eres? El sujeto no debería tener el código de acceso.

Pero Alissa seguía ignorando las palabras de Oby y la traspasaba de lado a lado, mientras corría con Oneill del brazo. Ya casi sin aire se acercaron a una enorme compuerta que se dividía en dos por la mitad. Alissa que ya no podía cargar a Oneill lo dejó a un lado de la compuerta, ambos jadeando, tratando de no desfallecer. Ali con su vista borrosa volvió a presionar un botón que de nuevo mostró un holograma de un panel, puso otra contraseña de siete dígitos y la compuerta se abrió de par en par. Era una enorme sala de control, con varias pantallas que salían de una enorme mesa blanca, sin asientos, ni ventanas que dieran al exterior. Alissa con sus últimas fuerzas, tambaleándose se acercó a un costado de la gran mesa blanca, se puso de rodillas y se empezó a buscar con sus manos presionando fuertemente la base blanca de la mesa. Presionó una vez y nada sucedió, se movió diez centímetros y volvió a presionar, pero nada sucedió. Cuatro veces más realizó el mismo procedimiento, presionando con sus manos la base de la mesa y nada; pero al quinto intento, la base cedió. Alissa sonrió, quitó la mano y la compuerta se abrió. Adentro tenía varios chalecos con una válvula que al final tenía adherida una máscara. Sacó un chaleco del compartimento, presionó un botón en uno de ellos y puso la máscara sobre su boca. Una fuerte bocanada de oxígeno entró en su cuerpo devolviéndole la vida.

Oby seguía apareciendo en varios lugares de la gran sala de mando y no se detenía con su pregunta.

—¿Quién eres y cómo conoces este lugar?

Ignorándola nuevamente se levantó de golpe con el respiro que le dio el chaleco de oxígeno y se dirigió a la salida donde Oneill se encontraba dando espasmos en el suelo. Quitó la máscara de su boca y conteniendo la respiración, la puso sobre el rostro de Oneill. Este inmediatamente como despertando de una pesadilla, puso sus manos sobre las de Alissa presionando la máscara sobre él. Alissa lo dejó en el suelo, se devolvió al compartimento y sacó otro chaleco, esta vez se lo puso tranquilamente sobre ella, presionó su pecho con el chaleco y se puso la máscara sobre su boca, dando una otra bocanada de oxígeno a su cuerpo.

Oby seguía de un lado a otro observando el ir y venir de Alissa. Las luces rojas seguían parpadeando por todas las habitaciones. Alissa se puso de pie, comenzó a rodear la gran mesa ignorando su alrededor, como buscando una pantalla en específico.

—¡Esta es! —se dijo a sí misma encorvándose sobre la mesa y en un teclado virtual comenzó a digitar caracteres hábilmente.

Oby interrumpió.

—Estas ingresando las credenciales de autenticidad de la doctora Davis.

Alissa veía la pantalla de un lado a otro y seguía digitando sobre el teclado. De un momento a otro las luces rojas dejaron de parpadear. Oneill y Alissa miraron al techo al ver cómo volvía la luz blanca a las habitaciones.

—A partir de ahora, yo estoy al mando de la nave, he limitado todos tus accesos y debes hacer lo que yo diga.

—Haré lo que me ordene, doctora Davis —contestó Oby con voz serena.

—¡¿Qué mierda sucede aquí?! —contestó Oneill que se acercaba a Alissa con pasos torpes.

Alissa no le respondió de inmediato, solo se abalanzó sobre él en un gran abrazo.

—¡Lo logramos Oneill, lo logramos! ¡Salimos de esa maldita simulación!

—¿Osea que nada de lo que sucedió en Madrid fue real? —preguntó Oneill.

—Algunas cosas, sí lo fueron Oneill —contestó Alissa dando otro fuerte abrazo, rodeando su cuello.

Luego de un cálido momento, tomaron asiento recostados al pie de la gran mesa blanca.

Oby seguía de pie observándolos sin decir nada.

—¿Quién mierda es ella? —preguntó Oneill mirando fijamente a Oby aún con rostro de precaución.

—Es una inteligencia artificial. Es la encargada de crear los mundos en los que hemos estado y de recopilar datos. ¿Te molesta?

—Pues sí —contestó Oneill—. Es un poco extraño que se nos quede viendo sin decir ni una palabra.

—No te preocupes, he eliminado sus protocolos. Ahora hará lo que yo le diga. Oby desaparece.

Inmediatamente Alissa dijo esas palabras, el holograma desapareció dejándolos solos en la habitación.

—¡¿Datos?!, ¿datos para qué? —prosiguió Oneill extrañado.

Alissa le dio un largo resumen sobre todo lo que comprendía hasta el momento, los mundos por los que habían pasado, porque tenían alrededor de sesenta años y el objetivo del experimento. Fue mucho lo que tuvo que procesar Oneill, pero la gran mayoría lo comprendió.

—Vaya viaje ¿no? Es extraño, pero también tuve algunos sueños cuando estuve en Madrid. Soñé contigo y sabía que había algo entre nosotros. Como me gustaría recordarlo todo.

—No te preocupes Oneill, es mejor que no recuerdes todo. Aunque en esos mundos tuvimos nuestra historia, la mayoría fue sufrimiento y muerte.

—En eso tienes razón, imagino que hay cosas que es mejor no recordar —contestó Oneill bajando su cabeza— y por cierto Ali. ¿Cómo sabías todas estas cosas, como abrir las puertas, o como dices, eliminar los protocolos de esa cosa?

Alissa sonrío por un momento.

—Creo que es por culpa de Enid. Cuando despertamos, de alguna manera se metió en mi mente y me mostró toda su vida. Es extraño, siento como si hubiese tenido otra vida que ha suplantado la mía. No recuerdo muy bien mi verdadero pasado, pero recuerdo bastante bien el de Enid, sus emociones, sus frustraciones y su sueño. Aquel sueño.

Alissa por un momento se quedó en silencio contemplando el suelo como pensando profundamente en algo hermoso.

—¡Vamos! —le dijo a Oneill apoyándose de la mesa para ponerse de pie—, tenemos algo que hacer.

Alissa se puso de pie, ayudando a Oneill también a pararse. Se acercó a la pantalla que antes había utilizado, tecleo algunos nuevos caracteres y un sonido como de ventilación se escuchó por toda la sala. Ali se quitó su máscara y el chaleco y dio una gran bocanada de aire. Ya no es necesario que uses eso, le dijo a Oneill quien la imitó y dejó su chaleco a un lado.

Alissa se dirigió a la gran compuerta principal, que automáticamente se abrió. Se devolvió por el pasillo por el que salieron, mirando esta vez con más detenimiento todas las habitaciones donde se estaban llevando a cabo otras pruebas. Mujeres, hombres y niños, de todos tamaños y etnias estaban conectados a esas máquinas, sufriendo en mundos apocalípticos;

muerte y destrucción una y otra vez. Caminaron hasta la habitación donde despertaron, sin dirigirse palabra alguna. Alissa comenzó a rodear la colmena de cables con sus camas alrededor, tocando los vidrios opacos de todas las cámaras que se iban abriendo y mirando los que se encontraban dormidos dentro, soñando, en otra simulación.

Alissa miró una cama en particular y su rostro se iluminó con una enorme sonrisa. Era un niño, con cabello desalineado, delgadito y de tez blanca; que respiraba lentamente y la máscara tapaba casi toda su carita. Tenía alrededor de diez años.

Oneill se dio cuenta de cómo contemplaba Alissa aquel niñito pequeño con ternura.

—¿Quién es? —preguntó Oneill extrañado.

—Míralo bien, ¿no se te parece a alguien?

Oneill miró con detenimiento aquel niño sobre la cama y al cabo de un momento su rostro también reflejó una enorme sonrisa.

—¡No puede ser! ¿Es Fran?

Alissa sonrió asintiendo con su cabeza sin dejar de mirarlo.

—Este pequeñín es nuestro valiente grandote. Este niñito es mi mejor amigo.

—No lo puedo creer, ahora muchas cosas tienen sentido.

Alissa se acercó a él y por un momento estuvo acariciando su cabeza, mirándolo con ternura y cariño; pensando en todas sus aventuras y en como ese niñito le hizo su estancia más feliz y por eso le estaba profundamente agradecida. Alissa se acercó a la frente del niñito, besó su frente y a su oído le dijo:

—Gracias grandote. Espero que encuentres mucha paz.

Alissa se apartó de él y dando una última mirada, se dirigió hasta la puerta de salida.

—¡Vamos, Oneill!

—Un momento, ¿no lo vamos a despertar? —preguntó Oneill ansioso de volver a hablar con Fran.

—No Oneill, adonde vamos no hay espacio para un niño como Fran. Lo mejor es que lo dejemos descansar.

—¡¿Descansar?! —se preguntó Oneill extrañado, pero no reclamó ni dijo nada más.

Oneill estaba seguro de que Alissa sabía lo que hacía. Rápidamente y esta vez sin prestar mucha atención a los demás cuartos, de nuevo llegaron a la gran habitación de mando. Alissa pasó la compuerta que de nuevo se abrió automáticamente de lado a lado y dijo en voz alta:

—¡Oby!

Inmediatamente el holograma apareció frente a ellos.

—Sí doctora Davis, ¿en qué le puedo ayudar? —agregó Oby con su voz serena y apaciguada.

—Inyecta la mayor cantidad de gas de sueño en los cuerpos de todos los sujetos, y desconecta el oxígeno de las cámaras —ordenó sin titubear.

—Tengo que advertir —agregó Oby mirando fijamente a Alissa—, que eliminar el oxígeno de las cámaras provocaría el deceso de los 857 sujetos de prueba de la nave. ¿Desea proceder con la orden?

Alissa se tomó un momento, mirando el suelo pensativa. Oneill se acercó a ella, le puso la mano en su hombro y Ali lo miró con ojos tristes.

—Ya han sufrido mucho —agregó Oneill con voz apaciguada.

Alissa hizo un leve movimiento afirmativo con su cabeza y volteando a ver a Oby agregó:

—Sí Oby, procede con la orden.

Las luces de la habitación de nuevo se apagaron y comenzó a parpadear con una luz roja incesante. Alissa se volteó abrazando a Oneill lo más fuerte que pudo y cerró sus ojos. Así pasaron algunos minutos que fueron eternos para Ali, mientras por su mente solo pasaban las imágenes del rostro de pánico de Fran, cuando ella conducía el Mustang rojo por las calles de Madrid, o sus ojos iluminados con un naranja intenso mirando aquel último atardecer; las veces que su rostro se enrojeció de vergüenza o como la alentaba a correr con el auto por la cancha del Bernabéu y al final, la última sonrisa que le regaló mientras sujetaba su rostro en la estación del subterráneo. Alissa solo tuvo un momento para decir en su mente, «gracias, mi grandote amigo».

Las luces rojas dejaron de parpadear y de nuevo se encendieron las luces blancas, que iluminaban toda la radiante sala.

—No hay más sujetos con signos vitales en la nave, además de los presentes en esta habitación —agregó Oby con voz calma y serena.

Alissa se abrazaba más fuertemente de Oneill, conteniendo el dolor en su corazón. Con una orden había eliminado a 857 personas en menos de cinco minutos.

—Listo Ali, eso fue todo y sabes que tenías que hacerlo —le susurró Oneill.

Alissa movió su cabeza de lado a lado, negándole sus palabras.

—Eso no es todo Oneill, hay algo más que debo hacer —dijo apartándose de él de golpe y mirando a Oby frente a frente encarándola.

—Oby, vamos a hacer un último viaje.

19 de diciembre de 2420

11:25 a.m.

—Buen viaje Oby, nos vemos en unos segundos —dijo el doctor Jones.

Una cálida voz femenina que se escuchó por toda la sala respondió:

—Muchas gracias doctor, nos vemos en algunos años.

El contador seguía descendiendo ya llegando a su límite mientras la nave seguía suspendida en la altura. Menos cuatro, menos tres… las miradas estaban puestas sobre la nave, nadie quería perder el suceso, menos dos, menos uno, cero. Un gran halo de luz se desprendió de la nave, dejando por un momento una línea blanca que partía el cielo de lado a lado. Fue un segundo en que el tiempo se paralizó para todos los presentes, pero inmediatamente todos voltearon a mirar nuevamente el contador, el cual ahora marcaba números positivos.

Uno, dos, tres…

Todo fue silencio absoluto en la sala. El doctor Jones miraba en todas direcciones intrigado.

—¡¿Qué sucede doctora?!, ¡¿dónde está la nave?! —preguntaba el doctor Jones cada vez más histérico por no verla aparecer en el momento exacto como muchas veces antes lo habían hecho.

Este era el experimento más importante del planeta y la nave no había vuelto con los datos necesarios para salvar a la humanidad.

—No va a volver doctor Jones, es todo —contestó la doctora Enid Davis, quien inmediatamente comenzó a digitar comandos lo más rápido que podía en la pantalla como teniendo prisa.

—¿Qué sucede?, ¿está todo bien? —preguntaban los altos mandos del planeta, comenzando a ponerse histéricos observando cómo fallaba su única esperanza.

—¡Lo volveremos a realizar! —gritaba el doctor desde la distancia tratando de evitar el pánico—. ¡Podemos hacerlo otra vez!

En la habitación, luces rojas parpadeantes se encendieron desde todas las esquinas y la voz de Oby que comenzó a decir:

—Alerta de hackeo, sistema comprometido.

—¡¿Qué?! —se preguntaba el doctor Jones mirando a su alrededor

—Alerta de hackeo, sistema comprometido —se repetía la voz de Oby por toda la sala.

—¡¡¿Qué sucede, doctor?!! —seguían gritando desde la gran vitrina, donde los ocupantes se levantaban de sus asientos claramente alterados.

—Doctora, ¿qué está pasand…?

El doctor Jones buscó a la doctora Davis con su mirada y se dio cuenta de todo. Le cayó como un balde de agua fría, cuando miró esa gran sonrisa en su rostro, lo comprendió todo. Había sido la doctora, nadie más podría crear una hazaña así.

Enid había logrado hackear toda la red del sistema mundial, eliminando los datos de los viajes en el tiempo, lo recopilado por las naves que se enviaron al pasado y dejando inhabilitada no solo a Oby, sino también a Gigga, la inteligencia que controlaba el planeta entero. Bastó una mente brillante, para poner de rodillas a las grandes familias que, durante muchos años, siguieron moviendo los hilos de la sociedad.

—¿Qué hiciste Enid? —preguntó el doctor destruido.

—Lo que prometí doctor, dar mi máximo esfuerzo en pro de la vida —contestó orgullosa.

La doctora Enid Davis fue arrestada ese día y nunca se supo más de ella.

El planeta entero entró en una crisis mundial, donde ya el Gran Gobierno no tenía el control ni los medios para evitar los estragos que se darían en los años venideros. Parte del colapso se debió a la dependencia a las redes y la inteligencia artificial a la que el mundo se había acostumbrado. Grupos de manifestantes comenzaron a levantarse por todo el mundo, provocando una guerra civil en contra de lo que quedaba del Gran Gobierno y sus familias. Crisis, hambruna, caos, fue lo que reinó durante los años siguientes, hasta que casi 200 años después, irónicamente a raíz del hackeo de la doctora Enid Davis; Ihsan Abdhul, el último ser humano de la tierra, murió.

Aunque bueno, no fue el último rastro de vida humana.

Epílogo

25 de mayo de 3425

3:15 p.m.

Un gran halo de luz se desplegaba sobre el continente africano, 813 años después de la muerte de Abdhul. Una gran nave descendía sobre un enorme acantilado que regalaba a los ojos una vista espectacular. El mundo rebosaba de vida y los colores brillaban a la luz del radiante sol.

—Bien Oneill, este es nuestro destino —agregó Alissa.

La nave en la que se encontraban vibró un poco y dio un leve golpe al tocar suelo.

—Destino establecido, año 3425 —dijo la voz de Oby que se escuchó por toda la sala de mando.

Alissa se dirigió hacia un costado de la habitación de control, puso una contraseña en un teclado sobre un panel blanco y este se abrió.

—Hasta nunca, Oby —dijo Alissa volteando a mirar con rabia el holograma que la veía serenamente sin expresiones en su rostro.

Alissa dando un fuerte rugido jaló una celda de energía circular de la pared que cayó al suelo. Inmediatamente todas las luces de la nave se apagaron y la silueta de Oby desapareció.

Alissa y Oneill forzaron una compuerta a un costado de la habitación, la abrieron y los rayos del sol iluminaron todo a la vista, dándoles una cálida bienvenida a aquel hermoso paisaje que se abría ante sus ojos. Ambos descendieron de la nave arrastrando la celda.

Por un momento quedaron maravillados, sin poder expresar palabra alguna al mirar aquel paisaje y como todo el verde del bosque que tenían a sus pies se extendía por kilómetros, hasta que se perdía en el horizonte. Era mejor de como lo recordaba, o más bien, de cómo lo recordaba Enid.

Alissa puso en el suelo la celda que aún brillaba y emitía un fuerte brillo, tomó una gran roca y sin pensarlo la dejó caer sobre esta, que lanzó chispas a su alrededor y apagó su luz naranja.

—Sin esto no hay manera de que esa maldita nave vuelva a funcionar —agregó mirando con odio ese objeto a sus pies.

Oneill y Alissa se acercaron al borde del acantilado donde observaron juntos la inmensidad del paisaje que había florecido, sin la plaga humana a su alrededor.

—¿No te parece hermoso? —agregó Oneill abrazando a Alissa por detrás, ambos desnudos y sintiendo la brisa del aire en su piel.

Alissa cerró los ojos y pasó lentamente sus dedos sobre los brazos de Oneill sintiendo su arrugada piel.

—¿Y sabes que es lo más hermoso de todo? —preguntó Alissa contestando inmediatamente esa pregunta— ¡Que es real!

Contemplando ese paisaje lleno de vida y sintiendo la piel de quien sería ahora el último hombre en la faz de la tierra, Alissa se dio cuenta de que todo había valido la pena. Al final no éramos tan indispensables para el planeta, la historia tuvo que terminar con la humanidad y la vida siguió adelante. La naturaleza siempre gana.

Algunos científicos dicen que el primer destello de vida humana se mostró en la tierra con nuestro primer antepasado primitivo, Lucy. Según la mitología nórdica los primeros humanos fueron Ask y Embla, según la griega Deucalión y Pirra; y la religión cristiana dice que fueron Adán y Eva. Nunca sabremos con certeza quién tenía la razón y quienes fueron los primeros en pisar la tierra, lo que sí sabemos, es quienes fueron los últimos…

FIN